智启心灵，慧沐生命。

人生智慧丛书，带你走进温暖和澄静。

人生智慧丛书

让未来

转身

顾　问：金　波

策　划：赵晓龙　杨　才　郝建国

主　编：王爱玲

副主编：焦文旗　张冬青

编　委：赵晓龙　王爱玲　迟崇起　焦文旗
　　　　张冬青　王玉晶　郝建东　符向阳

河北出版传媒集团
河北教育出版社

图书在版编目（CIP）数据

让未来转身 / 王爱玲主编. -- 石家庄 : 河北教育出版社, 2016.3（2017.3 重印）
（人生智慧丛书）
ISBN 978-7-5545-2321-6

Ⅰ. ①让… Ⅱ. ①王… Ⅲ. ①散文集－中国－当代
Ⅳ. ①I267

中国版本图书馆CIP数据核字(2016)第051620号

书　　名　**让未来转身**
主　　编　王爱玲
责任编辑　郝建东　张　畅
装帧设计　于　越
出版发行　河北出版传媒集团
　　　　　河北教育出版社　http://www.hbep.com
　　　　　（石家庄市联盟路705号，050061）
印　　制　河北新华第二印刷有限责任公司
开　　本　880mm×1250mm　1/32
印　　张　8.75
字　　数　187千字
版　　次　2016年3月第1版
印　　次　2017年3月第3次印刷
书　　号　ISBN 978-7-5545-2321-6
定　　价　20.00元

阅读散文的趣味 | 金波

——《人生智慧丛书》序

我希望更多的人有阅读散文的趣味。

散文作为一种文学样式，在和其他文学样式的对比中，彰显着它鲜明的特点。特别是把散文和诗加以对比，散文的特点就更加突出了。例如，有这样一些比喻：

诗是跳舞，散文是走步；

诗是饮酒，散文是喝水；

诗是唱歌，散文是说话；

诗是独白，散文是交谈；

诗是窗子，散文是房门。

这些比喻，从对比中呈现着散文的特征。散文贴近现实生活，所表现的更为具体真实；散文关注的生活很广阔，但表现手法灵活多样；散文可以和各种文学样式相融合，但不会丢失它的本色，同时它又吸纳各种文学样式的特征，形成了散文从题材到技法的丰富性。

有人说，散文是一切文学样式的根。我赞成这一看法。因为你无论是写小说、写戏剧、写文艺批评，甚至写哲学、历史著作，都离不开散文。凡是从事写作的人，都得有写作散文的基本功。所以有人又说，写好散文，才能获得作家的“身份证”。

写散文是进入文学殿堂必经的门，读散文也是进入文学殿堂必经的门。读散文的趣味很重要。散文可以抒情，可以叙事，可以议论，可以写景，可以状物，各体兼备，风格多样。

我们提倡“自觉的阅读”，不妨从阅读散文开始。喜欢阅读散文的人，会静下心来，会养成慢阅读的好习惯。散文是可以品读的，因为散文最易于形成多样风格，让我们增添一些不同的品味和审美的趣味。

基于此，这套丛书对入选的散文进行了深入的梳理、开掘，以全新的视角，发掘出了独特的价值体系。遴选了十个具有温暖、善美、纯真、禅意特质的主题，用文字和图画来传递人性的真善美，倡导仁爱和谐，表达对生命的探索与诉求。这套“人生智慧丛书”，共十册，包括《跟随内心的声音》《让未来转身》《给心窗点一盏灯》《不忘初心》《别把春天藏在心底》《眺望十年后的自己》《与天真签约》《愿做山间一泓水》《漫画人生》《手绘青春》。

收入本丛书的，都是一些短小的散文，可归属于文学性较强、艺术风格较为鲜明的“美文”。有的朴素简明，有的干净利落，有的妙趣横生，有的深邃启思。我设想有很多的读者（他们可以是从九十九岁到九岁的老少读者），在一个安静的时刻阅读这一篇篇令人安静的散文，用真诚的心态阅读这一篇篇真诚的散文，用享受语言之美的感觉阅读这一篇篇纯美的散文。我们默默地读着，却能在灵府的深处，隐隐地听见语言的韵律，入耳入心，贮之胸臆，久久享用。

阅读散文的趣味一定是隽永的。

二〇一六年新春，于北京

目录

商道谋略

智者多维

他山攻玉

名人智鉴

商道谋略

“得黄金万两，不如得季布一诺。”这“千金一诺”，讲的就是经商之道重在“诚信”二字。以诚相待，方可赢得人心；以诚为本，方能扭转乾坤。经商之道，即做人之道，多行善举，胸怀济世精神，这样买卖方可做大、做长久。当然，在商言商，广开思路，留心发掘，多谋善断巧布局，生意自能风生水起……

先声夺人——商战的法宝

先声夺人，志在必得，这是商战赢家应有的姿态，也是商家赢得商战胜利的法宝。

◎熊立军

某市一服装批发市场又新建了一栋楼，打算开发成名牌广场。新楼里有三十多个黄金铺位，股份公司要将它们一一拍卖。

拍卖在股份公司会议厅里举行。当时，参加竞拍的有一百多号人，座无虚席。9时30分，拍卖从最好的铺位开始，起价是三十万。拍卖师话音刚落，一位财大气粗的中年人便举手把价抬到八十万。顿时，整个拍卖现场鸦雀无声。竞拍者都吓了一跳，以为中年人发疯了，大家你看我我看你，面面相觑，不知所措。缓过神来的拍卖师尖声锐气地在拍卖席上叫着："八十万，有没有超过八十万的？八十万第一次，八十万第二次……好，成交！""当啷"一声，八十万，一锤定音。第一个铺位被中年男人拍得。他一拍到铺位，便匆匆离席，显然，他不想再要第二个铺位了。

第二个铺位虽然稍微逊色，但开价也是三十万。这时拍卖现场骚动起来，显然，每位竞拍者都有了心理上的准备，争抢的人逐渐多了起来，拍卖师一开价，便有人举手出四十万。叫四十万的话音刚落，就有人高喊五十万。竞争气氛相当激烈，叫价声此起彼伏。拍到最后，第二铺位的价格升到了一百万，被一个戴眼镜的批发商夺得。

一个上午，三十多个铺位，全部被拍卖一空，最差的铺位也拍了三十五万。在整个拍卖过程中，认真衡量一下，第一个竞拍者成了最大的赢家。

后来，有人采访了这位竞拍者，竞拍者不无自豪地说："凭我的经验估计和预测，如果按常规来拍卖这个铺位，至少会超过一百万。说实在的，第一个铺位我志在必得，不像其他竞拍者，一开始就处于观望状态，这样显然会处于不利地位。拍卖场如战场，稍一迟疑，就会失去大好时机。我早就意识到这一点。所以拍卖师一出价，我干脆把价格抛到自己认为理想的价位，当时，我也很紧张，害怕有人举手抬高价位。幸好他们都没有思想准备，为我节省了不少钱。"说完，他开心地笑了。

先声夺人，志在必得，这是商战赢家应有的姿态，也是商家赢得商战胜利的法宝。

外企的管理绝招

凡是有能力的职员都能找到自己比较满意的岗位，人事部门还可以从中发现“外流”职员的上司们存在的问题。

◎张永会

麦当劳：锯掉经理的椅子靠背

麦当劳快餐店创始人雷·克罗克不喜欢整天坐在办公室里，大部分工作时间都用在“走动管理”上。有一段时间，麦当劳公司面临严重亏损的危机，克罗克发现其中一个重要原因是公司各职能部门的经理有严重的官僚主义，习惯躺在舒适的椅背上指手画脚，把许多宝贵时间耗费在抽烟和闲聊上。于是克罗克想出一个“奇招”，将所有经理的椅子靠背锯掉。开始很多人骂克罗克是个疯子，不久大家看出了他的一番“苦心”，他们纷纷走出办公室，深入基层，开展“走动管理”，到所有公司、部门走走，看看，听听，问问，及时了解情况，现场解决问题，终于使公司走出了困境。

肯德基：用“特别顾客”监督分店

美国肯德基国际公司的子公司遍布全球六十多个国家，达九千九百多个。然而，总公司在万里之外，又怎么能检查他们下属是否循规蹈矩呢？一次，上海肯德基有限公司收到了三份总公司寄来的鉴定书，对他们外滩快餐厅的工作质量分三次鉴定评分，分别为83分、85分、88分。公司中外方经理都为之瞠目结舌，这三个分数是怎么评定的？原来，肯德基国际公司雇佣、培训一批人，让他们佯装顾客潜入店内进行检查评分。这些“特殊顾客”来无影、去无踪，这就使快餐厅经理、雇员时时感到某种压力，丝毫不敢疏忽。

索尼：内部招聘制

日本索尼公司每周出版一期内部小报，其中有公司各部门的“求人广告”，职员可以自由而且秘密地前来应聘，他们的公司无权阻止。另外，公司职员每隔半年就要调换一次工作。这种新颖的人事管理制度为公司广大的年轻职工提供了施展才华的广阔天地。

索尼内部招聘制度的产生，缘于这样一个小故事。有一天晚上，索尼公司董事长盛田昭夫在餐厅与职员一块儿边进餐边聊天，这时他发现一位年轻职员郁郁寡欢，就主动与他攀谈。几杯酒下肚，年轻职员终于开口了：“进入公司前，我对索尼崇拜得发狂，觉得这是我的最佳选择。但现在我发现我并不是为索尼工作，是在为我们科长干活儿，而我的科长是个无能之辈，我的所有行动和建议都必须经过他的批准。”听了那位员工的话，盛田昭夫想，类似的问题在公司里可能还不少，应该关心他们的苦恼，不要堵塞了他们的上进之路。于是，盛田昭夫萌生了改革人事管理制度的想法。

索尼实行内部招聘制度后，取得了双重好处，凡是有能力的职员都能找到自己比较满意的岗位，人事部门还可以从中发现“外流”职员的上司们存在的问题。

老报纸的价值

只要留心发掘，拐角旮旯儿里都藏着商机，废品都能变成宝贝！

◎靳雪晴

旧报纸若是卖给收废品的，一斤大约也就三毛来钱。

但上海吴江路上就有一家老报馆专营《人民日报》《光明日报》《解放日报》和《文汇报》等老报纸，20世纪60年代的普通报纸，每张要卖218元，就是20世纪80年代的普通报纸，每张也要卖128元。那些按理说没有收藏价值的普通旧报纸居然在这里还卖得挺火。

这是怎么回事呢?

原来，店家打出的宣传是这样的：“为自己或者亲人买一份生日老报纸吧！”颜色已发黄的老报纸配以充满怀旧情调的包装，就有了一些历史的韵味。顾客主要是二三十岁的上海市民，他们或者购买自己出生那一天的报纸，看看自己生日那天世界发生了哪些事，或是买来赠送给长辈，以引发长辈对青春的记忆。

很多人看着这家店的生意十分红火，都不禁赞叹：老板的头脑真灵光!

这老板名叫刘德保，一直有收集老报纸的兴趣，但他知道要想让普通老报纸能卖上价，除非另辟蹊径出奇招。所以他将老报纸的卖点定位在生日礼物上——这可是一份别出心裁的生日礼物哇，既雅致，又有韵味，既可以满足青年人对自己出生的那个时代的好奇，又会唤起中老年人对逝去岁月的缅怀。老报纸本身虽然价值不大，但是看生日老报纸的感受和获益是无价的，因此三毛钱一斤的旧报得以卖出每张一二百元的高价，价钱翻了千倍以上，可谓极高附加值了。

只要留心发掘，拐角旮旯儿里都藏着商机，废品都能变成宝贝！

沉默意味着金钱

在经营活动或人际交往中，有些话没有说出口，刚好恰如其分。在这种情况下，沉默就意味着金钱。

◎高景轩

美国人帕文揭示说："在经营活动或人际交往中，有些话没有说出口，刚好恰如其分。在这种情况下，沉默就意味着金钱。"为了说明这一道理，他还讲述了一个故事。

许多年以前，新泽西州一家印刷厂要处理一部旧印刷机，得知另一家公司有意购买这部机器，老板的最高期望值是卖到二百五十万元。在双方谈判的关键时刻，这位老板话已到嘴边，又机灵地收了回去。他想：别着急，不如先探探对方的口气。

这时，买方先打破沉默的气氛，说这部机器有些陈旧，并指出它的毛病所在。见卖方没有辩解，买方主动露出底牌说："我们公司只能出三百五十万元买下这部机器，多一分钱也不行！"就这样，在关键时刻管住了自己的嘴，这家印刷厂的老板多赚了一百万美元。

爱迪生一生取得上千种发明专利，在推动科学进步的同时，也给自己带来丰厚的报酬。从发明的需要出发，爱迪生想建一个实验室，只因手头没有足够的资金，便打算卖掉自动发报机的制造技术。然而对于市场行情他不甚了解，不知开价多少合适，只好和妻子米娜商量。

有资格出卖技术的人毕竟寥寥无几，一项发明究竟值多少钱，米娜也和丈夫一样心中无数。想到出卖专利旨在建造实验室，她拿出最大的魄力说："就要两万元吧，你掂量掂量，建一个实验室的花销，不会少于两万元吧。"

妻子开出的价码远远超出爱迪生的想象，他展颜一笑说："两万元，太多了吧？"米娜见丈夫有些异议，觉得有必要打消他的顾虑："我看能行。要不然，到时候探探对方的口气，让他先开个价再作定夺。"

听说大发明家有意出售自动发报机，并转让这项发明的制造技术，一位商人觉得这笔生意有利可图，就主动找上门来洽谈。听完爱迪生的介绍，商人顺其自然地问到价钱。由于爱迪生觉得事先和妻子商定的两万元要价太高，拉不下脸来说出口，只好沉默不语。

那位商人几次追问，爱迪生都没有吭声，甚至寄希望于妻子下班回来，好让她代替自己做出答复。没想到米娜尚未露面，那位商人已经按捺不住，急不可待地摊牌说："那我就先开个价吧，十万元你看怎么样？"

这个价码等于最高要价的五倍，爱迪生大喜过望，极力掩饰着内心的兴奋，当即就和那位商人拍板成交。事后爱迪生跟米娜表功说："没想到只沉默了一会儿，就多赚了八万美元。"

小小传统绝活儿做得风生水起

只要用心去做，传统小行当一样可做到风生水起的境界。

◎阿　孙

大军修脚的手艺是从上辈传下来的。大军见儿子小军在家整天无事可做，就要儿子来续这“祖传绝技”。

渐渐地，小军被老父亲的执着与敬业精神所感动。从此，小军认为修脚也是一种职业，只要手艺精湛、真诚待客，一样可以赢得人们的肯定与尊重。观念转变了，小军干得认真起来，老父亲也倾技相教。半年后，小军的功夫就达到可独立耍弄刀剪的水准。

由于修脚店是“百年老字号”，早已名声在外，偶尔也有海外人士专程光顾小店。一位台胞无意中得知修脚店的绝活儿后，特意坐飞机赶来治脚，仅“弄”了两回，脚板底下的顽疾就痊愈了。台胞为之感慨道：“我的‘脚毛病’在不少国家试用了不少中、西治疗方法，也没能‘斩草除根’，想不到这个小小民间店藏有如此绝技！”

小军毕竟没白读大学，他拓开了经营思路。一些老行技艺既然是人们生活所需，就一定有市场。经营学中有内涵挖掘和外延发展的概念，何不在玩老行技艺这张牌时再增加一个相近的项目呢？于是父子俩便开始留意传统绝活儿。

这天，小军在一条小巷里看到一位女子在织补衣服。小伙子灵光一闪：织补在今天几乎与修脚一样也是难得一见的稀有行当了。小军先是介绍自己的情况，进而希望小女子加盟他的店，并提供两种合作形式供织补女选择。

织补女听完陈述后，欣然同意“加盟”。从此，店里就热闹多了。送到店里来要求织补的衣服大多是高档名牌货，有不小心被烟头烫的，有无意中挂烂的，有的则是扒手划了口子的。其中有上万元一件的高级名牌服装，也有近百元一件的衬衫，但只要在织补女手里摆弄一阵子，衣服就复原如初了。本来明明有个洞，织补后为

何看不出痕迹呢？原来在织补时有个窍门，就是织补的线一般都是从送来的衣服上抽出的，力求达到与织补地方的本色相配，如此这般补好后自然不会有太大的色彩差异。织补女还说，补织的地方若经过一两次的清洗，看上去就“天衣无缝”，有以假乱真的效果。

织补女的高超手艺很快便在城里有了口碑，送衣服来补的顾客与日俱增。店里的经营项目经过这么一整合，起到了相辅相成的作用。顾客永远是这个世界上最实在的“活广告”，补衣服的顾客看到修脚功夫后，日后肯定会为店主免费做广告，而修脚的顾客同样会为店里的织补绝活儿做免费宣传。这就应了经营学术语中的“连带效应”。

小小的修脚店增设织补服务后，月收入就翻了两番，一个举步维艰的小店的生意就如同芝麻开花节节高。面对成功，小军最大的感受是：只要用心去做，传统小行当一样可做到风生水起的境界。

空间的价值

所谓“与人方便，自己方便”，那片空间的价值就在于此！

◎西岭雪

故事发生在美国北部的一个小镇，这个小镇在新世纪的今天仍然保持着淳朴的民风和20世纪的建筑格局，因而成为一个旅游怀旧的好地方。深知小镇发展根本的人们，尽自己最大的努力维护小镇的风貌，甚至换一片屋上的瓦也要经过全镇推举出来的长老会的审查。

随着时间的推移，到小镇来旅游的人越来越多，小镇的商业设施已不能满足游人的需要。有两个洞察这一商机的年轻人——约翰和杰克分别向长老会提出了申请：他们要在小镇上建一个超市，用来向人们提供日用品和旅游纪念品。

长老会经过反复磋商，终于同意了两个人的请求，但附加了一个条件：那就是超市必须建在距离小镇十公里以外的地方，以免破坏小镇的格局。

约翰和杰克马上筹集资金，开始建造自己的超市。他们深知，要想赚到更多的钱，就必须想尽办法战胜对手。约翰曾到过一些大城市，了解规模对于一个超市的重要性，因此，他充分利用了长老会给予他的这块土地，建成了一所豪华的超市，并尽可能使店里的货物种类更齐全。而杰克却只使用了土地的一半建成了自己的超市。当然，由于规模的关系，店里的货物远没有约翰的种类齐全。约翰暗自高兴：这次我可要赚大钱了。

事情的发展完全出乎约翰意料，两家超市同一天开张，经营状况却出现了“一边倒”的现象：大部分游客和小镇上的人都拥进了杰克的超市，而约翰这边却很萧条。尽管约翰使出了浑身解数，又是有奖销售，又是歌舞表演，最终也未能扭转自己破产的命运。

破产的约翰决定远走他乡，在临行前，他拜访了自己的对手，并对杰克说：“我承认我的失败，但我想知道，我究竟输在哪里？”

杰克微笑着对约翰说：“在经营超市的经验上，你比我强，所以你在那块土地上盖出了尽可能大的一个超市，但是，我亲爱的朋友，你忽略了一个重要的问题：这里距离游客的观光地——我们的小镇还有十公里的距离，所以，无论是观光的游客，还是返回的游客，甚至小镇上的居民，他们都是驾车前来，所以，我为他们留出的那片空地——停车场使他们对我心存好感，而这也就成为他们到我超市购物的基本理由。所谓‘与人方便，自己方便’，那片空间的价值就在于此！”

讨债妙招

夫妇为了不得罪顾客，所公布的欠账姓名全部是假的，生活小区根本没有这些人，邻居们也都心知肚明，夫妇俩只是苦心积虑地顾及顾客的颜面而已。

◎赵全孝

我居住的生活小区，夫妇俩开了一家日用杂货店，虽然铺面不大，但生活用品应有尽有，两人做事勤快认真，说话和气，服务态度又好，所以生意兴隆。

不过，开店一年以来，由于赊账已经积累了数万元，使夫妇俩感到头痛。然而这些赊账的人不是邻居就是亲朋好友，碍于情面，他们俩也不好意思直接开口向他们催讨。

随着欠账的数字愈来愈大，小本经营的杂货店已难以承受，但都是街坊邻居，登门讨账吧，一则显得太小气，再则万一弄巧成拙伤了和气，等于断了以后的客源。因此，夫妇俩考虑再三，决定在店门口张贴告示，请赊账者主动还账，以示感谢。没想到效果不佳。两个礼拜过去了，上门还账的仍然寥寥无几。

夫妇俩无奈，于是又生一计，把欠账者的姓名通通公布于众，并说明如果再不还账，将会登门拜访，并按银行利率本息一起算。

没想到这一招儿还算灵，积欠已久的账款居然在一个礼拜之内大部分回笼。

其实，夫妇为了不得罪顾客，所公布的欠账姓名全部是假的，生活小区根本没有这些人，邻居们也都心知肚明，夫妇俩只是苦心积虑地顾及顾客的颜面而已，大家又怎么好意思再拖欠呢？

从此，小店的生意比以往更好，赊账的人也减少了许多。

聪明的选择

最聪明的地方不是他做了什么，而是他没做什么。

◎张小石

一名叫郭栓海的安徽宿县小伙子去北京一所大学食堂打工，由于工作卖力，攒了些钱。这时，原先的承包者因为利润微薄不想干了，学校正愁找不到合适的承包者。这名小伙子迎难而上，接管了食堂。真正想经商、发财的人好像没有对大学食堂感兴趣的，但这个小伙子偏偏选择了没人感兴趣的。

经过一番苦心经营，食堂的饭菜因为价廉物美，赢得了学生的青睐。原先食堂之所以不景气，就是因为价不廉物也不美。小伙子乘机向其他大学食堂进军。很多“公办”食堂都因为管理不善而成为后勤工作的累赘，巴不得有高人来改善局面。结果五年下来，这个小伙子承包了北京二十多所高校八十一家食堂。正是因为这么多食堂需要大量物资供应，小伙子成立了物资供应处，原材料均以批发价进货，食堂的成本进一步降低，而服务却进一步提高，小伙子如今成了身家数千万的老板。

安徽小伙子的聪明在于他没有选更符合人们想象的发达之路。

正如最近有人对比尔·盖茨的评论：“最聪明的地方不是他做了什么，而是他没做什么。”

身后的谷子（外一篇）

在铺天盖地的财富面前，强者之争在所难免，弱者可以利用自己的优势选准强者竞争的缝隙、空当儿偷食，抢食，不失时机地获取自己必需的一份。

◎唐　虞

院子里有一大一小两只母鸡，主人在地上撒了一把谷子，两只母鸡都赶来啄食。大母鸡身高体强，想独霸谷子，它一边啄食谷子一边啄击小母鸡。小母鸡没有逃走，当大母鸡的喙子啄过来的时候，小母鸡灵巧地绕到大母鸡身后不失时机地啄食地上的谷子。大母鸡发现后掉转身子再啄，小母鸡又巧妙地绕到它的身后继续啄食。大母鸡发现短距离打击效果不大，就把小母鸡赶出院子门外很远，大母鸡转回来的时候小母鸡也转身跟回了院子。如此几次，大母鸡驱赶小母鸡用来转身和啄击的时间与小母鸡迂回、跟回的时间差不多，小母鸡啄食的速度也不比大母鸡慢，等到地上的谷子被吃光了，小母鸡吃到的并不比大母鸡少多少。

在满地的谷子面前，小母鸡如果慑于大母鸡的强势就得挨饿。我们每个人面前都有很多谷子，世界充满财富；我们的身边也不乏

“垄断大鳄”，像霸道的大母鸡，但我们不必逃跑，只要避其锋芒，巧妙地迂回寻找空当儿，同样可以获得我们必需的部分。

麻雀取巧

谷子撒到院子的时候，屋檐上站着一只小麻雀。当大母鸡啄击小母鸡时，小麻雀躲在它们后面偷食；当大母鸡驱赶小母鸡的时候，它抓住空当儿抢食。对于两只母鸡来说，小麻雀是小偷，两只母鸡都攻击它。小麻雀并不逃跑，当母鸡攻击它的时候，它飞上屋檐，当两只母鸡互相争抢和驱赶时，它飞下屋檐偷食、抢食。当地上的谷子被吃完的时候，小麻雀也填饱了肚子。

在铺天盖地的财富面前，强者之争在所难免，弱者可以利用自己的优势选准强者竞争的缝隙、空当儿偷食，抢食，不失时机地获取自己必需的一份。在大母鸡面前，我们可以学习小母鸡的智慧；在两只母鸡面前，我们可以借鉴小麻雀的灵巧。

为五毛钱，穿越一座城

五毛钱可以看得出一个人的经营之道和为人之本。

◎黄　健

前几年，表弟夫妻二人双双下岗，一咬牙，贷款开了一间建材店。

建材店位于城西的建材街。整个建材街上，密密麻麻、挨挨挤挤的都是建材门市。这些门市有大有小，大的有好几个门面，装修得很高档，大都是品牌建材专卖店；小的只有一个狭小的门面，大到卫生洁具，小到门锁、螺丝钉，什么都卖，建材杂乱地堆放在店里，另外的空间就只能容两三个顾客同时站在那里，连转身都有些困难。

表弟经营的就是这样的一间小门市，在整个建材街上毫不起眼，门面又不好。这样的小店迟早会关门的，我想。

在县城里，表弟是我唯一的亲人。所以一有空，我就去他店里看他，希望能帮上一点儿忙。

一次，有个小伙子来买一个水管接口，可是小伙子说不清接口的规格，又没有带样管来。一阵比画之后，还是弄不清小伙子到底要买什么样的接口。“你家住哪里？我跟你去一趟吧！”表弟说着，把规格不同的接口都带上了，然后跨上摩托车跟着小伙子去了。

一个水管接口售价三元，利润不过五毛钱。小伙子的家住在城东一个新建的小区里，为了这五毛钱，表弟骑着摩托车穿越了一座城。小城虽小，但从城西到城东，至少也要一刻钟左右，来回至少要半个小时，值得吗？我不禁暗笑表弟的“傻”。

过几天再去表弟那儿的时候，又碰到了这个小伙子。这次，他买了很多东西，浴缸、马桶、水龙头什么的。看得出，小伙子对表弟很信任。再后来，在小伙子的介绍下，和他同一幢楼的很多人都来表弟这里买建材。

几年过去了，现在，表弟的建材店已经扩大到三个门面，他把乡下的姐夫、小舅子都带到了城里，跟着他一起干。

原来，五毛钱可以看得出一个人的经营之道和为人之本，我大悟。

一分钱的自信

一滴水可以映照一片海的光辉，一分钱的自信足以打开财富之门，一分细微的善念足以温暖一生，点滴之爱同样可以感动众生。

◎胥子伍

表弟在家乡小镇做小百货批发零售生意，有几次我见他因做成了几分钱的微利生意而一脸满足。待顾客走后，我劝表弟，凭他的聪明和智慧，做点儿大生意，早就发了。可表弟并没有被我的劝告所动，依然在家乡做着老本行，忙忙碌碌，生活过得有滋有味。

去年年底，表弟让我陪他一同去义乌小商品市场进货，说是让我开开眼界，细察做微利生意的老板的精明。

来到义乌小商品市场，若不是有表弟带路，我一圈一圈地兜，准会迷路。且市场还在拓展，一期、二期、三期，一期比一期规模大，据说商铺还不够，每次入驻靠抽签。

表弟把我带到他常进货的一家牙签批发店，批发老板姓李，精瘦灵活，和几个打杂的忙碌不停地照应顾客。私下里，表弟告诉我，这个姓李的批发商，每天批发牙签10吨，按100根赚1分钱计算，他每天销售约1亿根牙签，就稳稳当当进账1万元，一年下来，仅1分钱的微利，就可挣到300多万元的利润。

进完牙签，表弟又把我带到一个袜子批发部，眼前生意的繁忙程度和牙签店不相上下，表弟一边察看袜子的颜色和款式，一边低声地和我算一笔账，像这样普通的摊位，每个月也能销出70万双到80万双袜子，虽说每双袜子的利润只有1分钱，但一年下来，这不足7平方米的摊位，就有10万元的利润。

进完货，表弟把我带进路边的一家饭店，可我仍在回味那些为一分钱利润不停忙碌而充满自信的脸。吃饭的当儿，表弟仍在向我讲解一则则关于一分钱成功的事例。一个姓王的农民来义乌打工不顺，他发誓，在义乌不发迹决不回家。于是几经考察，租了几间民房，请人改装成简易的车间，拉来一帮同来义乌打工的人，生产起无顶太阳帽，且在义乌小商品市场批发。意料不到的是，他生产的无顶太阳帽在国内市场狭小，但被贸易商中转，全部挂进沃尔玛的卖场。有了这样的天运，王老板抑制不住内心的兴奋，小小的作坊在他的鼓动下，开足马力，一天可生产二十万顶太阳帽，虽说，他也清楚，自己生产的太阳帽一旦挂进沃尔玛，在欧美的超市里，身价将会几倍甚至十倍以上飙升，但他未被利润冲昏头脑，仍然定位只赚一分钱，因为他自信，只要坚守一分钱的微利，沃尔玛市场就有他太阳帽的一席之地。

返回的路上，表弟问我，这次来义乌有无收获，我半天不知答什么好，因为我从表弟自信的脸上，发现他已学会了义乌小商品市场上的生意精髓，且运用自如，难怪他一周跑一趟义乌，生意忙得有滋有味。

一分钱，看似微不足道，掉在马路上，也不再有人弯腰捡起，更难听到“我在马路边捡到一分钱”的童谣，甚至，连超市、商场也取消了分值入账计算。然而，一些精明的生意人却把一分钱看得比什么都重要，因为他们从一分钱中看到了希望，触摸到了成功，感觉到了自信，诚如我表弟。

之后，我再次光临表弟的小店铺，常把他的一分钱的人生联系到生活中来。对于人生，对于财富，对于善良和爱，一滴水可以映照一片海的光辉，一分钱的自信足以打开财富之门，一分细微的善念足以温暖一生，点滴之爱同样可以感动众生。关键在于我们是否有一颗对“一分钱的自信”充满敏感的心，是否有一种“善小也为之”的执着。

拉尔夫的成功方式

成功并不代表自己有多能干，更多地取决于内心的自我意识，坚持自我。

◎陈明聪

拉尔夫·劳伦是美国的著名服装设计师，因建立了个人服装“POLO”品牌而风靡全世界。

劳伦经常和员工讲起他事业起步时那个鼓舞人心的故事，让人明白“坚持自我”对于成功的真价。

1967年的第一天，劳伦带着他设计的男士领带样品去找布卢明代尔百货公司的采购员，兴致勃勃地向他推销自己设计的宽幅领带。

采购员仔细端详了一番，然后说：“拉尔夫，领带不错，不过我们想让它变窄一点儿，上面也不要标有你的名字，我们要打上布卢明代尔的标签出售。”

劳伦知道窄幅领带正在市场上独领风骚，但他相信自己的设计，而且不喜欢随大溜。尽管非常想让自己设计的领带进入布卢明代尔，因为这样会为自己的职业生涯带来巨大突破，但劳伦还是礼貌地说：“谢谢，不必了。”

劳伦相信自己和自己的设计，坚决不肯让步。六个月后，那位采购员打来电话：“拉尔夫，我们愿意出售你的领带，而且就打你自己的标签！”

拉尔夫成功了。

朋友，你是想成为与众不同的成功者还是人云亦云的追随者？

拉尔夫·劳伦说：“成功并不代表自己有多能干，更多地取决于内心的自我意识，坚持自我。因为，与众不同是一种优势。”

是的，每个人最大的自信源于他认识到这一点，那就是自己与别人的不同，这是最大的优点。

坚持“我的方式”，就是在这个试图让人人都中规中矩生活的世界，仍然去保持自己独特的风格和自我品位，那也不失为一种“成功的方式”。

藏在沙发缝里的一美分

机遇遍存于世间的各个角落，只是我们缺乏足够的耐心和信心。

◎古保祥

1989年冬季的一天，天阴沉得厉害，天空好像随时都会有雪花降临。一个年轻的学生蹲在学校宿舍楼的一角，在他面前，摆着各式各样的贺年卡片。学生们显然对他所卖的物品不太感兴趣，或者说他们瞧不起这些廉价的东西，他们喜欢买一些高档的商品送给女朋友，而对于这个年轻人来说，他是无论如何也不敢以如此高的价格进那些高档商品的。

他叫默克尔，是美国斯坦福大学的一名普通学生。他的父母接连生下五个孩子，经济状况十分拮据，加上他上大学需要一大笔钱，因此，他不能像其他年轻人那样享受花前月下的浪漫温情。谁会喜欢一个穷酸的书生呢？

为了能挣到下学期的学费，他兼职了好几份校内工作。后来，他开始帮一位有病的环卫员打扫宿舍楼的卫生，这样，他就可以每天都有一份较为稳定的收入，虽然少些，但足够他每天的伙食费，他还可以省出一部分寄给弟弟妹妹们，他们也渴望走进宽敞明亮的教室里。

第一次打扫卫生，默克尔整理沙发时发现，几乎每个寝室的沙发缝里都会或多或少地藏着一美分或者是两美分的硬币，当默克尔将这些钱还给同学们时，他们纷纷摆手表示不要了，他们说硬币不易随身带，同时不好花，现在几乎没有和小额硬币相等的商品了。

那天，默克尔捡到五十个一美分、二十个两美分的硬币。这件事使他很受启发，接下来，他开始搜集有关小额硬币的资料。通过网上分析，大约有一百零五亿美元的小额硬币在市场上流通，其中大部分被人抛在沙发缝里或者不易找到的角落，也就是说，他们在很大程度上失去了存在的价值。

一个灵光在他脑子里呈现，如果让这些硬币滚动起来，这将是一笔多么可观的利润啊！

1991年，默克尔创建了全美国第一家“硬币之星”公司，他定制了自动换币机，顾客可以凭小额硬币，在自动换币机里换取相同价值的大面额纸币，但自动换币机需要收取9％的手续费。

默克尔的自动换币机业务开通后，在全国各地反应强烈。不到一年的工夫，全国各地的超市纷纷与默克尔所在的公司联营，默克尔所在的公司在全国8900家超市建立了10800个自动换币机，人们称他为“一美分垒起的大富翁”。

藏在沙发缝里那些不起眼的一美分，竟然促成了默克尔的成功，可见机遇遍存于世间的各个角落，只是我们缺乏足够的耐心和信心。

它值得

有时候，成功与否的关键不是拥有众多的有利条件，而是具备发掘价值的眼光和肯定价值的态度。

◎英　涛

一位民营企业家李总，他的公司专做土特产生意，主打产品是茶油。2002年，他带着自己公司的茶油到市里参加一个食品展销会。当时同类产品中最强的竞争对手的茶油是卖158元一桶，而李总的茶油只卖138元一桶，可是却一直卖不动。李总心里很是不平，了解内情的他知道，对手的油是用回收的已经榨过几道油的茶枯再榨出来的，可是不但好销还能卖得这么贵，而自己的油价低、质高，反而无人问津，真是愁人哪！

他冥思苦想了一天，终于计上心来，第二天他突然把茶油的售价提到168元一桶。这下顾客们都纳闷了，这名不见经传的油咋就这么贵呢？售货员就和顾客解释，这种茶油和卖158元的那种的区别在于这种茶油取自第一榨，是真正的好油……这一下子，局面就发生了戏剧性的变化，李总的茶油一下就供不应求了。

李总的茶油畅销是因为用涨价的手段让人注意到了这种茶油

的好处和价值。这让我想起曾经看过一个美国电视剧里的一段情节。那段情节是讲一个咖啡馆女老板参加了一个商业宗师的成功培训课程后向宗师讨教如何扭亏为盈。

宗师一开口就问："你的咖啡馆里卖些什么吃的？"女老板说："咖啡、甜品，还有沙拉……"

宗师打断她说："好吧，下面是我想让你知道的。你菜单上最受欢迎的甜点是什么？"女老板回答："绝对是梨子饼，我们是因为那个出名的。"

宗师说："从明天早上开始，我希望你把梨子饼的价格涨五元钱。如果客人问你为什么，就说它值得。如果他们生气了，你还是说它值得。不管别人说什么，你的回答总是：它值得。"

女老板惊愕地说："我的客人们会大叫的，我不可能卖出去一块甜饼。"

宗师却笃定地说："我保证，就现在，这多增的五元钱所带给你的利润一定够我下星期开设高级进修班的入场费。"女老板充满怀疑地说："我并没有报名参加你的高级进修班。"宗师微笑着说："这样吧，不要报名，除非你在那个梨子饼上赚到了那额外的二百五十美元。我会给你留一个位置的。"

过了一段时间，女老板欣喜地看到宗师说的话全都应验了。她不但赚到了高级进修班的入场费，而且还用赚到的钱预付了下半年的房租。

有时候，成功与否的关键不是拥有众多的有利条件，而是具备发掘价值的眼光和肯定价值的态度。

一锤子买卖

如果只是一味地模仿别人的经验和做法，
而没有自己的吸收和创新，那就只能永远
跟在别人的后面。

◎黄美姣

张羽是一名销售夹层玻璃、钢化玻璃、中空玻璃等安全玻璃的销售员，他销售安全玻璃的业绩一直都是公司的第一名。在一次业务员的销售颁奖大会上，公司老总对张羽说：“小张，你的销售业绩一直在公司同人中保持第一，你能把你独特的推销方法介绍给大家吗？”

张羽说：“我的方法其实很简单，一锤子买卖。”

“一锤子买卖？这可不行，这会影响我们公司的信誉！”老总急了。

“是这样，”张羽不紧不慢地继续说，“每当我去拜访一个客户的时候，我的皮箱里面总是放了许多块截成十五厘米见方的安全玻璃，我随身也带着一个小铁锤。每当我到客户那里后我会问他：‘你相不相信安全玻璃？’如果客户说不相信，我就把玻璃放在他们面前，然后拿锤子往玻璃上一敲。当他们发现玻璃真的没有碎裂开来时，他们就会惊讶地喊起来：‘天哪，真不敢相信这是真的！’这时，我就趁机问他们：‘你想买多少？’最后，买卖往往直接成交，而整个过程还不到一分钟。”

原来如此。老总赞许地笑了。

当张羽讲完这个故事后，公司几乎所有销售安全玻璃的业务员出去拜访客户的时候，都会随身携带着许多小块的安全玻璃以及一把小铁锤。但经过一段时间，他们发现张羽的业绩仍然维持第一名，对此，他们觉得很奇怪。于是，在第二年的业务员颁奖大会上，公司老总又问他：“我们公司大多数的销售员已经做了和你同样的事情，为什么你的销售业绩仍是第一呢？难道你又有了新的推销秘诀？”

张羽笑一笑，说：“我的秘诀仍然是一锤子买卖。只不过，我知道当我上次说完这个点子之后，其他业务员会很快模仿。所以，自那以后，我到客户那里时，就把玻璃放在他们的桌子上，然后问他们：‘你相信安全玻璃吗？’当他们说不相信时，我就把锤子交给他们，让他们自己来砸这块玻璃。”

同样是“一锤子买卖”，带来的却是两样的结果。如果只是一味地模仿别人的经验和做法，而没有自己的吸收和创新，那就只能永远跟在别人的后面。

死信里的商机

最大的财富不是堆积如山的金钱，而是聪明的大脑。

◎朱胜喜

20世纪50年代，在美国一个叫华尔顿的地方，成千上万封无法投递出去的信被堆在邮政局仓库的一角，这些信都是些无法找到收信人又无法退回的死信。

按照规定，这些无法投递又无法退回的信在存放一段时间后就得销毁。

这天，邮局里的工作人员正准备将这些信销毁时，一位小伙子找上门来。

小伙子来访的目的让邮局里的高层人员很是意外。原来，小伙子此行是为那堆令人头疼的死信而来，他要将那堆死信全部代送，不仅不收一分钱的费用，反而还给邮局一定的保证金。邮局里的高层人员被小伙子的话给弄愣了，但见小伙子那真诚的态度，邮局里的高层人员觉得这是名利双收的好事，一来说不定能投递出去一些死信，二来邮局里也有些收入，而且这等好事不用邮局投入一个劳力、一分钱。

于是，邮局和这位小伙子签了一份具有法律效力的合同。

当天，小伙子就自己骑着一辆人力三轮车将堆放在邮局里的那堆死信拉了回去。

第二天，小伙子用那辆人力三轮车开始在华尔顿大街小巷投递那些死信。尽管小伙子很仔细认真地按照信上所写的地址走了一遍，但依然没有结果。小伙子像早料到了似的，他的脸上并没有失望的表情。

一天天过去，华尔顿的居民开始知道了这位小伙子，人们为小伙子仔细认真的精神所感动。

一天，小伙子在送死信的途中，被一位老者叫住了，老者让小伙子送一封急件到另一条街道，并许诺会多给工钱。

小伙子欣然接了他的第一份业务，他知道自己即将迎来事业的开始。

很快，小伙子在华尔顿的繁华街头开了一家速递公司。由于他那种敬业精神早已为人们所知，来找他速递的客人络绎不绝。

第二年，他就在纽约开了一家更大的速递公司，接着在华盛顿、拉斯维加斯相继开了更大的速递公司。

不到十年时间，他就在全美国开办了十三家速递公司，总资产近亿美元。他就是美国素有“速递大王”之称的乔治·肯鲍尼。

肯鲍尼用三轮车赚得了生命里的第一桶金。世界首富比尔·盖茨说过一句很经典的话：“最大的财富不是堆积如山的金钱，而是聪明的大脑。”现实世界里，当你想要开始赚第一桶金时，一定要有一颗在收获谷物前付出的平常心。

致富的秘诀在于抢先

致富之路，需要的是智慧和胆识，只要找到适合的财路，抢占了先机，就会财源滚滚。

◎滔红单

一百五十多年前，美国西部发现金矿的消息一经传出，全世界的淘金者便蜂拥而至。那些埋藏较浅的金矿很快被挖掘一空，疯狂的淘金者只能向地层深处不断推进，因而淘金成本越来越高。除了早期的淘金者能发财致富外，大多数的淘金者要么沦为别人金矿的打工者，要么在这近乎赌命的探矿行动中，变得一无所有。

传说有一位商人，带着两袋大蒜，骑着骆驼，一路跋涉到了遥远的阿拉伯。那里的人们从没有见过大蒜，更想不到世界上还有味道这么好的东西。因此，他们用当地最热情的方式款待了这位聪明的商人，临别赠予他两袋金子作为酬谢。另有一位商人听说了这件事后，不禁为之动心，他想：大葱的味道不也很好吗？于是他带着葱来到了那个地方。那里的人们同样没有见过大葱，甚至觉得大葱的味道比大蒜的味道还要好！他们更加盛情地款待了商人，并且一致认为，用金子远不能表达他们对这位远道而来的客人的感激之情，经过再三商讨，他们决定赠予这位朋友两袋大蒜！

生活往往就是这样，如果你先抢一步，占尽先机，得到的是金子；而如果你步人后尘，东施效颦，得到的可能就是“大蒜”。致富之路，需要的是智慧和胆识，只要找到适合的财路，抢占了先机，就会财源滚滚。

金钱藏在招牌里

金钱就蕴藏在那既具艺术性，更具旺财功能的招牌里。

◎李志胜

清朝咸丰三年（公元1853年），河北武清人赵廷筹从北京一家制鞋作坊学徒出师了，他与一位姓丁的财东商议，计划在当时比较繁华的东江米巷（后来的东交民巷）开办一家鞋店。资金筹集齐了，可选一个什么样的招牌招徕顾客呢？赵廷筹左思右想，认为要想赚大钱，必须在那些坐轿的人身上打算盘。因为当时北京城里主要有两种人，一种是坐轿子的，即有钱人；一种是抬轿子的，即穷人。坐轿子的人讲究身份、地位，讲究穿戴；抬轿子的人都比较穷，填饱肚子都难，哪儿还有钱置买新鞋。所以赵廷筹拿定主意，将产品首先定位于那些头戴花翎、身穿补服、脚蹬粉底朝靴的达官显贵身上。

赵廷筹分析了北京的制鞋业状况，决定先从做朝靴入手。他一方面准备购置生产原料，一方面四处求人给起店名，但好多人起的名字都不足表达他的心理意向，他都不满意。正当他感觉“山重水复疑无路”之际，一位朋友为他献上了“内联升”三个字，他高兴万分。“内”即大内的意思，也就是宫廷，既代表了鞋店的业务方向，又给人一种与宫廷有联系的感觉；“联”是联系的意思，进一步提醒人们这里与大内联系紧密，无形中给人一种不容置疑的印象；“升”寓意着人们的欲望，特别能适应达官显贵们渴望步步高升的心态。赵廷筹遂决定使用这个吉祥如意的店名。

心想事成。果然，“内联升”的招牌一打出来，文雅而又响亮，人们纷至沓来，鞋店顿时顾客盈门。但赵廷筹并没有满足于一时的生意红火，而是“乘胜追击”，更是在产品质量上下功夫、做文章，使其能与“内联升”的底蕴相适应。

赵廷筹采取前店后厂、自产自销的经营方式。达官显贵们有钱有势，生活优越，穿着华贵，要求苛刻，要想取信这些人，“内联升”的产品必须做到工精料细、穿着舒适。所以，赵廷筹决定，靴面选用南京特产的上等贡缎，缎面厚实，色泽黑亮，不起毛茬；靴底选用上好的整白布打袼褙，要求压平绷紧，骨力平正，厚薄一致；纳底时选用温州的上等麻绳，要求麻绳粗、锥铤细、针脚齐、拉力大、勒得紧、针码匀，靴底每平方寸要纳八十一针以上，纳成后还要放到沸水中浸泡，泡匀后再以棉被包严热闷，闷软后再捶平、整形、晒干。如此几道工序下来，内联升制作出来的靴底被称为“千层底”，坚固耐磨、不易走样。

随后，赵廷筹又通过关系收集王公贵族和知名的京官、外官、显官的靴鞋尺寸、样式及特殊喜好，编制成了《履中备载》，使这些“高贵”的主顾免去往返选购的麻烦。于是，内联升开业不久即名声大振，日进斗金。“头顶马聚源，脚踩内联升，身穿八大祥，腰缠四大恒。”这四句话成了老北京人显示身份的口头禅——马聚源是当时著名的帽店，内联升是鞋店，八大祥是八个带“祥”字招牌的绸布店，四大恒是当年开设在东四牌楼附近的四家有“恒”字的金店。

随着清朝的灭亡，到民国以后，朝靴已无人再穿。面对消费群体的更换，内联升及时调整了它的服务对象和经营品种。由于主顾们已不在皇宫附近，他们遂将店址迁到前门外廊房头条营业。由于内联升早有一套精良的制鞋工艺，因而在转型中能发挥自身优势，改制便鞋、千层底布鞋、老头乐布鞋等，逐渐形成了以男式布鞋为主的经营方向，产品声名远扬，金钱滚滚而来。到20世纪80年代，他们的规模不断扩大，并打破了只经营布鞋的老框框，成为全国老字号中最大的一家“齐全鞋店”。

俗话讲“眼睛是心灵的窗户”，那么招牌也就是企业的“窗户”。“窗户”明亮与否，将直接影响着“室内”财富的积累。一个企业有一个好的招牌，就会更加吸引商家和消费者，同时无形中也将经营理念深植于经营者的心底，影响着经营者的心态，从而影响到企业生意的兴隆与否。

如果你要经商，那就深思熟虑，选择一个“笑口纳福，和气致祥”的招牌吧，金钱就蕴藏在那既具艺术性，更具旺财功能的招牌里！

“半载”而归

你还可以和你的竞争对手精诚合作，一同开发市场，这样，即使“半载”也可以让你满载而归。

◎蒋诗经

朋友的石厂建在长江内河之畔，而内河到达长江的距离好像注定了它将会被这个市场淘汰。市场竞争是残酷的，伫立在长江之畔的石厂因为地理位置的关系在价格战上无情地将朋友的石厂拉下了马，它们可以船运几千吨石子直达下游，而内河较浅的水位将吃水较深的大船全部拒之于门外。

由于船身的缘故，虽然两千吨的大船只比两百吨的小船吃水深一半，但是这一半的吃水线却将朋友所有的活路挡住了。如果用两百吨的小船将货送到下游，无异于用手扶拖拉机和装载几十吨的大货车一起比赛跑长途，运费高不说，数量也跟不上。如果用汽车倒运石子到江边的码头再上大船，也许十几里的距离对船运不算什么，但是汽车昂贵的倒运费又将剥去朋友石厂的所有利润，甚至还要贴本。

按建材标准算，朋友的石子质量已经超出了同类产品，但是由于价格的缘故他不得不放弃一笔又一笔长江下游的大业务，只能依靠本地一些散户的需求苦苦支撑。

最后，因为本地需求的逐渐饱和，生产的石子大量积压，朋友不得不忍痛将苦心经营的石厂卖给了一个浙江商人。虽然付款的时候浙商的眼里是满满的自信，但是朋友还是在卸去自己沉重负担的同时为浙商隐隐忧虑。

然而，事实证明朋友的忧虑完全是多余的。浙商上马后立即开始了生产，并在一个月内将积压的石子处理一空。

朋友听到这个消息后无论如何也不敢相信这是真的，他来到石厂旁进行了一番观望。内河的小码头边停靠了好几条两千吨的大船，而每条船起航的时候竟然只是“半载”。朋友想，这浙商肯定是疯了，这样一来，他的运费将是原来的一倍，肯定亏本，更不要谈什么利润了。

而答案在朋友到达长江边的码头时才得以昭显。原来，精明的浙商早已和长江之畔的石厂达成了协议，每条船都会在江边的码头上再停靠一次，用他们的石子补成满载后才又重新起航开往下游。

浙商的精明和智慧给朋友上了生动的一课，朋友顿悟。原来，你还可以和你的竞争对手精诚合作，一同开发市场，这样，即使“半载”也可以让你满载而归。

积压的布料

没有滞销的商品，只有滞后的营销。

◎蒋光宇

一天，萨耶下班回家，看见桌上放着一块布料。他知道是妻子买的，心里有点儿不愉快，因为这种布料在自己的店里积压很多，一直卖不出去。于是他说："你干吗去别人那里买这种积压的布料呢？"

妻子不以为然地说："我高兴嘛！布料不算太好，但听说很流行啊。"

萨耶很不高兴地说："这种衣料去年就上市了，一直滞销，怎么可能会突然流行起来呢？"

妻子有些神秘地说："再过几天的游园会上，这种花式一定会流行起来。"

"为什么？"

"因为在游园会上，市里社交界最有名的贵妇瑞尔夫人和泰姬夫人都将穿这种花式的时装。"

"这个消息是谁告诉你的？"萨耶对此很感兴趣。

妻子说："是卖布的那个小贩告诉我的，而且还要求我保密，不要告诉任何人。”

萨耶听后心想：“原来是那小布贩捣的鬼，竟然把妻子骗得信以为真。女人嘛，就是盲目地追着时尚跑。”

萨耶并没有把这件事放在心上，甚至他店中的那种布料被一个布贩全部买走之后，也没有引起他的丝毫警觉。

游园那天，在所有的妇女中，只有两名贵妇人和少数几个女人穿着那种花式的衣服。萨耶太太因为同两名贵妇人穿的是同一种花式的服装，所以格外引人注目，令人羡慕。

游园结束时，许多妇女都得到一张通知单，上面写着：“瑞尔夫人和泰姬夫人所穿的新衣料，本店有售。”

妻子兴奋地回到家中，对丈夫讲述了游园会的情景，还特别给他看了那张通知单。萨耶不禁惊讶，暗暗佩服那个小贩的推销手腕。

第二天，萨耶找到那个小贩的店铺，只见人群拥挤，人们争先恐后地抢购布料。过了一会儿，店门前贴出一行大字：“衣料售完，明日来新货。”伙计们还不断地解释说，这种法国衣料因为原料有限，所以一时很难满足供应。那些购买者唯恐明天买不到，纷纷地交预付款。

萨耶知道，这种“布料有限”是因为销路不好，进货不多，并非因为缺少原料。看到那个小贩如此巧妙地利用女人追求时尚的心理，利用缺货来吊她们的胃口，萨耶更加心悦诚服了。

萨耶认清了自己的差距，找到了那个小贩，当面请教营销的秘诀。小贩说了一句称得上经典的话：“没有滞销的商品，只有滞后的营销，就看你是否用心去做，是否找对了方法。”

废纸条里的商机

只有对顾客深入了解，对市场需求全面掌握后，才能制订出正确的经营策略。

◎李文明

在日本九州的大分县，有一家大百货公司——常磐百货公司。这家公司的经理有一个奇怪的“嗜好”——收捡顾客丢弃在百货店废纸篓里的纸条。

身为公司经理，统领着成百上千号人，掌管着公司的方方面面，放着诸多大事不管，捡那些废弃的纸条又有何用?

原来，许多日本人都有一个习惯：去商场购物前，要做一番计划，需要买什么东西，买什么牌子的，什么型号的，什么价位的，买多少，等等，都要尽量考虑周全。为避免遗漏和无谓的消费，他们往往要将需购物品列成一个清单。当他们购物完毕后，多半就将那张清单丢弃到百货店的废纸篓里。

顾客的这一举动，被这位细心的经理所发现。这些废纸条成了他的宝贝。他坚持收捡这些纸条，并将它们分类整理，进行认真的分析、研究。通过这些，他及时掌握了市场动态和消费者的心理，了解了顾客对哪几类商品感兴趣，尤其青睐哪些品牌、型号，在哪些季节哪几类商品的需求比较集中，顾客在挑选商品时是如何进行合理搭配的，等等。而这种对顾客需求的及时了解，又为公司制订合理的进货计划，开展有针对性的经营服务提供了保证。

经理的这一奇怪“嗜好”，正是其独辟蹊径研究顾客、了解市场的精明之处。只有对顾客深入了解，对市场需求全面掌握后，才能制订出正确的经营策略。

想象力创造财富

想象力是我们用以洞察思想和经历新领域的照明灯，是所有发明家或探索者开路冲锋的强有力武器。

◎齐振松

某机关招待所一位女服务员，因为是下岗后的再就业，她很珍惜这份工作。

一天，一位客人叫住她，让她帮忙到街上买一块香皂。她不禁有些紧张起来，以为是自己疏忽，忘了给客人的房间配一次性香皂了，便急忙向客人道歉，表示马上就补上。客人笑着解释，房间里已经有了一次性香皂，不过他讨厌使用小香皂，因为它又小，质量又差，最关键的是，这种一次性的小香皂不好拿，容易掉，使用起来不方便。她心里踏实下来，去帮客人买回了大香皂。

第二天，这位客人走了，当她收拾房间时，看到昨天给客人买的香皂只用了一点点，招待所配送的一次性香皂因为开了包装，不能再用了。她心里感到很可惜，忽然灵机一动：客人出差图方便，不喜欢带香皂，宾馆酒店提供的香皂又因为太小，难拿难握，又不能让客人满意，如果设计一种新香皂，中间是空心的，外面包一层香皂，不就又实用又不浪费了吗？

长时间在服务行业中的经验告诉她，一次性香皂消费市场潜力巨大，一般的宾馆酒店一天就要消耗上百块。一座城市就更是个很庞大的市场了……

她开动脑筋，自己动手，很快就制出了样品，之后拿到了“空心香皂”的专利证书。她思维敏锐，想象力丰富，在经历了一系列的研究和实验后，她终于将专利变成了产品。她的“空心香皂”一经问世，订货者络绎不绝。当年，她就成了身价数十万的女老板。她，就是在凤凰卫视举办的“TCL给你二十万”创业活动大赛中夺得大奖的谭兴椿，现在是重庆亿嘉科技公司的总经理。

想象力是我们用以洞察思想和经历新领域的照明灯，是所有发明家或探索者开路冲锋的强有力武器。正是因为谭兴椿具有这种敏锐而丰富的想象力，及时发现原来的一次性香皂有不好拿、容易掉、使用起来不方便的产品缺陷，巧妙构思，创新思维，才研制出广受市场及顾客欢迎的“空心香皂”，真乃“妙手回春”！因此，她获得了巨大的财富。

现实生活中，财富就在平凡事物中，只要你善于培育敏锐而丰富的想象力，创造财富并不难！

海尔的境界

海尔有句名言："用户永远是对的。"

◎鞠志杰

朋友家安装了一台空调，海尔牌的。送安装工出门的时候，朋友开玩笑说："不希望你们再次上门。"安装工们也笑着说："那最好！"

然而第二天，安装工就登门拜访了，他们还掏出100元钱给朋友，说是对此次安装服务不到位的补偿。朋友愣住了，他没有想到，一次电话回访，竟然这么快就有了结果。

原来，就在安装工装好空调走后不久，海尔集团售后服务中心便根据客户信息将电话打到朋友的家。他们询问了很多问题，如安装工进屋之后是否换了拖鞋、安装工有没有在工作中吸烟的行为、空调主机电源线是否够长，等等。朋友如实回答，并表示对安装工的工作非常满意。对方又问："那么，安装工有没有将墙上的钻孔进行封堵处理？"这个问题提醒了朋友。朋友家是落地窗，地面到窗口的墙只有四十多厘米高，因此，只能从二十厘米处打钻孔，将导管穿出。以往，安装工会用两个塑料做的圆盖封住钻孔两端，让钻孔毫无缝隙。但朋友家的内墙贴有二十厘米高的瓷砖，钻孔不得不跨过半截瓷砖，致使内墙出口没有形成一个平面，那个塑料盖便怎么也盖不上。朋友见状对安装工说，管子穿在里面已经很严实，不必放那个盖子了。于是，安装工就没有放。对方听到后对朋友说：“安装工这样处理是不对的，我们会让他们马上到您家重新进行处理，并且向您道歉。”朋友连说不必不必，可没想到，安装工们在次日就来了。

安装工们用一种胶将钻孔的内墙出口封堵住。安装工们说：“我们必须严格执行总部的命令，否则，我们将会被开除。”

朋友把这件事告诉我的时候，感慨不已。他没有想到，海尔的售后服务会做得这么细。海尔有句名言：“用户永远是对的。”初看到这句话时我想：这无非又是企业搞的一个噱头，玩弄玩弄文字游戏，空喊两嗓子来提高一下知名度。“用户永远是对的”那怎么可能？但现在我信了，并且为之赞叹，为之钦佩。这也许就是海尔的境界吧！

智者多维

生活中偶发的“麻烦事”，对智者来说，也许是不可多得的机遇。智者往往能够多维度思考问题，换一种角度去审视和利用“麻烦事”，即所谓的创新思维，会变不利为有利。思者多维，智者有心，成功无常规，换个形式创造美，枯木也能结金果……

谨慎时光

在这里，你恰当地释放了你生命当中的一段美妙时光，共计四十五分钟。

◎李丹崖

走了大半天的路，正感觉有点儿劳累时，在嘉陵江附近发现了一家茶社。移步而入，柔缓的轻音乐淡淡地由耳底润入心田，有一种说不出的舒适惬意。

这是一家“素面朝天”的小店，没有奢华的装饰，亦没有精美的茶具，甚至很少见到来往穿梭的服务生。一条原木的柜台，一个优雅的女人端坐在侧内，看到有客进来，也只是莞尔一笑，那笑很是清淡，笑容也舒展得恰到好处，宛若一朵幽幽盛开的茉莉。

一开始，我还十分不能适应这里略显怠慢的服务态度，坐了半天，竟然不见有一个服务生招呼，禁不住一嗓子喊出去：“服务员——”突然发觉所有的人都朝我的方向看，我这才意识到是自己的冒失打扰了大家，禁不住耳根发热。

服务生是一位十分懂事的女孩儿，连连向我道歉，并解释说，进来半天，没见我招呼，原本以为我只是坐坐就走，所以没敢打扰。

我不禁诧异，忙问道："仅仅是坐坐，不点饮品也可以吗？"

"当然可以。您如果不想喝点儿什么的话，我们这里还有免费为您提供的报刊，需要的话我可以拿给您。"服务生微笑着答道。

"那我若是想喝点儿什么呢？"我继续问道。

"我们这里的咖啡和茶水都是明码标价的，您可以任意选择。您若是在这里坐得太久的话，我们还会付给您'时光补偿费'。时间从进店后点了东西的时候开始计算，如果超过一小时，我们就会开始为您补偿。"服务生继续回答，仍然是一脸春风。

商家还会给顾客付"时光补偿费"，这我还真是第一回听说。于是，迫不及待地想知道这是为什么。

服务生的回答让我不禁心灵为之一颤。她说："这很简单，您到我们店里消费，就势必要购买我们的饮品，这样一来，您就要付费给我们，然而，享用一份饮品并不需要多长时间，如果您超出我们规定时间的话，那就意味着是我们占用您的时间了。您完全可以用这段时光去做些别的事情，而您却选择留在了我们店里，所以是我们耽误了您哪，当然要付给您'时光补偿费'了。"

我大为疑惑。“那若是遇到无聊的顾客，赖在你们的店里不走，怎么办呢？”

你知道这个美丽的服务生是怎样回答的吗？

服务生说：“假如您在我们店内点了饮品并超时没有续点的话，我们每小时会付给您2元的‘时光补偿费’，我们的营业时间是9：00—22：00，共营业13小时，您最多超时12小时，我们会毫不犹豫地付您24元的‘时光补偿费’。而这样的12小时，您将会失去和错过多少生命中美好的事物哇！恐怕没有哪个人会傻到向时光乞讨的地步吧！”

那天，我在这家茶社共坐了四十五分钟，喝了一杯清茶。结账的时候，柜台里的老板除了给我开具了发票，还送了一张极富诗意的收据给我。收据的正面写了这样一句话：在这里，你恰当地释放了你生命当中的一段美妙时光，共计四十五分钟。

我走出这家茶社，回头一瞧，才发现这家茶社的名字这么特别：谨慎时光。

苹果与梨各有商机

邻人若卖苹果，你不妨试着改卖梨，也许能带来转机。

◎程　纲

我家附近热闹的小街旁，开了一家小小的面馆，煮面用的是一口大铁锅，热气腾腾的铁锅内煮着香喷喷的手擀面。让人称奇的是锅内面汤上始终浮着一块远小于锅口的木头锅盖，老板说他的面叫“锅盖面”。店内主营大排面，据说这个不足十五平方米的小面馆每天至少能卖出八十碗大排面。眼见面馆生意如此火爆，隔壁经营惨淡的两家小餐馆立刻进行“转型”——“好再来面馆”和“北方面馆”于同日开张。然而“锅盖面”的生意日日火爆，新开张的两家面馆却仍然“门前冷落鞍马稀”。

一天中午，朋友和我去吃“锅盖面”，只见小小的面馆内挤满了人，掌勺大师傅称还有十来碗面没下锅，我们需等上一会儿。朋友不喜欢在如此拥挤嘈杂的环境用餐，硬拉我去隔壁的“好再来”。虽只有一墙之隔，“好再来”却无一个顾客光临，我们的到来，让正在皱眉叹气的老板顿时来了精神。看了一眼面单，我们发现“好再来”除了做各种面条外，还做三种米线——肉酱米线、牛肉米线和三鲜米线。我们各要了一碗三鲜米线。米线做得润滑爽口，汤味香浓鲜美，配上鲜嫩可口的榨菜丝，两人吃得都很尽兴。付钱的时候，老板特地少收了五毛钱，说是希望日后我们能再次光临。临出门时，朋友对老板说："你的面馆何不改名为'好再来米线馆'？你的米线做得很有特色呢。邻人若卖苹果，你不妨试着改卖梨，也许能带来转机。"

一个礼拜后，"好再来面馆"真的变成了"好再来米线馆"。朋友听说后，再次邀我去吃米线，我们发现"好再来米线馆"内早已坐满了食客。找不到空位，我们正打算去"北方面馆"时，忽听背后有人惊喜地喊道："你卖苹果我卖梨，能赏脸让我请二位吃两碗特色米线吗？"原来是"好再来"的老板认出了我们。

又过了半个月左右，"北方面馆"也改名为"北方水饺王"。据说"北方水饺王"里经营的水饺多达十二种，且十二种水饺各有特色，同样也是顾客盈门。

我很赞赏朋友的"你卖苹果我卖梨"的独到见解——不要拿苹果与苹果比。如果你的对手卖苹果，那你就做梨的生意。

“傻”到极处是精明

人们都习惯于某种思维定式，若能跳出这种思维习惯变换一下观察事物的眼光来纵观事物的“全貌”，一切往往就会是另外一种模样、另外一种结果了。

◎沙　平

美国有一个经营石场的商人，他靠炸石山卖石头赚钱，每年的利润高达几百万美元。于是，他把这些利润变成投资，逐年把石场周围的土地买下一大片来并一直让它闲置着。表面看起来，这种投资完全是一种资金的闲置和浪费的“蠢举”，实际上他买下土地的目的是斩断房地产开发商在石场周围建房盖楼的念头。我们只需往深处想想：一旦石场周围建房盖楼后就会住进许多住户，住户们就会联合起来投诉石场的爆破场扰民，石场很可能会被禁止开采，断了老板的财路。故石场主才不惜投入重金以绝后患。而只要石场能生存下去，就会带来滚滚财源！经济学上的科斯定理认为：资源会落到能够创造最高价值的用途上。这位商人可能并不知道什么科斯定理，但他却认准了石场周围的这大片土地的最高经济价值就是让它闲置，这表面上看似乎是“蠢举”，实际上却是最聪明的做法。

美国还有一家颇有特色的饭店，饭店老板实施一种特殊的经营术：凡来饭店就餐的顾客，都开具发票并记下顾客的地址、姓名。到了年底，老板进行年终核算时便把每位顾客在本年内在本店消费的累计总数核算出来，再从每位顾客消费带来的纯利润中抽出10%作为回报，按顾客留下的地址、姓名返汇给顾客，并附简单说明。已经到手的利润再拱手送与他人似是“蠢举”，实际上这才是真正的高明。此举可谓“感情投资”，人是一种高等的感情动物，收到返汇回来的钱后，顾客们先是大大意外，继而又大受感动，便免不了把它当作新闻向亲戚朋友传播。这样，这家饭店既招来了回头客，又增加了新客源，从而财源滚滚，这比花大价钱去登广告强多了。

“傻”到极处是精明，人们都习惯于某种思维定式，若能跳出这种思维习惯变换一下观察事物的眼光来纵观事物的“全貌”，一切往往就会是另外一种模样、另外一种结果了。

枯木也能结金果

用智慧经营自己的事业，枯枝也能发新芽、开新花、结新果。

◎陋　岩

弟兄两人同时外出搞废旧木头收购生意，弟弟将收来的废旧木头全部卖给了木炭厂，一年能挣两万余元。哥哥将收来的木头按质量、规格进行了包装，三分之一卖给了木器加工厂，三分之一卖给某陶瓷公司做包装，三分之一卖给木炭厂，年获利达五万元以上。哥哥打电话告诉弟弟经营经验，弟弟不耐烦地说：“一堆烂木头有什么可挑拣的。”

十年以后，哥哥成了拥有一座木器加工厂、一座木质包装材料厂和有别墅、小车的大款，而弟弟却只开了一个木炭厂，还因为污染环境被该市环保局下令迁移厂址。

同样是收购废旧木头，哥哥却用智慧让枯木开了金花，结下了金果，自己也成了一个大老板。而弟弟却认为那只是一堆破烂，一堆等待加工成木炭的垃圾，虽然他后来开始加工木炭了，却又因污染问题蒙受了损失，从而使自己只能是一个收废木头的“破烂王”。

有句俗话说得好，叫“好木匠眼里没有赖木头”，废旧木头因处理方法的不同而产生不同的效果。举一反三，当你面对一群素质不高的员工、面对几亩条件极差的土地等状况，是否也该在头脑中为他们分一下类，了解一下他们各自的特点，使他们的价值达到最大化呢?

用智慧经营自己的事业，枯枝也能发新芽、开新花、结新果；而懒于动脑筋的人，即使给他一棵生机勃勃的果树，也未必会有沉甸甸的收获。

行动比思维只能慢半步

他的“行动比思维只能慢半步”，让他在别人观望的时候就开始了行动。这样，他总是因比别人“快半步”而领先，从而成为行业领跑人。

◎柏兴武

他当时是北京郊区的一个供销社的电工，月薪虽然只有三十元，但毕竟拥有了自己的“铁饭碗”。他算了算自己一辈子的工资后感到有点儿失望。于是，他不顾亲朋好友的劝阻而选择了辞职。

辞职后，他背着一个“装备”齐全的小包当起了刷煤气灶的小贩。那是1982年，北京的普通家庭还没用上燃气具，家家户户都是一个土夯的煤气灶台，日子一久，烟熏火燎就黑乎乎的。他打开背包，拿出抹布，先清理一遍灶台，然后给灶台抹上烧碱，用湿抹布哗哗地洗，再用清水把灶台表面清干净。接着，他把清漆和银粉按照一定比例混好，再均匀地粉刷上去。他干得满头大汗，一天下来，收入八元，除掉成本只有两元纯利。

看到刷煤气灶不赚钱，他想该干点儿别的事。这年冬天，他在自家厨房做出了六十台落地灯，虽然是“三无”产品，却被居民们抢购一空，甚至还有一个供销社来向他采购了几十台。六十台落地灯最后一共赚了一百六十元钱。这对于原来一个月工资三十元的他来说，已经是一笔巨款。这笔钱让他从根本上坚定了他能够靠自己双手干一番事业的决心，也给了他创业的极大信心。

落地灯的生意做了没多久，他从一个朋友单位买来一批积压的电子元器件做音响放大器。这样，他赚到了自己的第一桶金。

音响制造厂做了几年后，他发现北京的制造业不如商业。而且偌大的一个北京城，卖音响的没有一家大到能够把所有的品牌、零配件集中起来销售的大店。他看中了玉泉路一家商场，租了下来，成立了一家音响城。因为知名度不高，他的经营非常惨淡，但他认定了这个有前景。他选择了坚持。咬牙挺了半年之后，这个音响城在京城老百姓中间逐渐有了名气，大家都知道他的音响城里面所有音响一应俱全，选择余地大。就这样，他的生意越做越大。最后，他走进了家电生意的圈子，并且成为北京市场最大的家电连锁企业。

就这样，他从刷煤气灶的小贩奋斗到了身价三十多亿的大老板。没错，他就是被称为中国创业名人的张大中。

张大中的成功在于他的“行动比思维只能慢半步”。从他的创业史来看，他的确是这样的，他敢想敢做，想到了就立即行动。他的“行动比思维只能慢半步”，让他在别人观望的时候就开始了行动。这样，他总是因比别人“快半步”而领先，从而成为行业领跑人。

一点儿风的智慧

有时候，做好生意只需要一点儿风。

◎李　梅

小镇上开了一家烤鸭店，不论斤卖，每只十八元。我常常路过那家小店，但只是逢年过节，或者家里来了客人，我才会买上一只。这个店里的鸭子味道不错，香酥可口，但是生意却不是太好，看样子仅能维持现状。

没过多久，我在新开发区买了住房，全家搬迁到了这里。新城区居然也开着一家烤鸭店，每只也是十八元。有次家里来了客人，我特意赶过去买，没想到这家烤鸭店门口排着长长的队伍。我挤到前面，鸭子已经卖完了。老板温和地对后来的几个人说："要等一个小时才能出炉。""生意真好。"我微笑着称赞老板。后来我又特意去买来品尝，感觉味道和老城区的味道差不多，没有特别的地方。

其实，两家烤鸭店生意好坏的道理很简单，老城区的烤鸭店和其他店一样，都是在卖烤鸭，而新城区的烤鸭店在烤鸭箱前多放了一个风扇。这样，在做烤鸭的时候，烤鸭散发的香味被风吹得整条街道都是。闻到的人自然被勾起了食欲，本来没打算要买烤鸭的，路过这里也会捎一只回去品尝。

过了几天，我再去买的时候，新城区的烤鸭已经涨到了二十元一只，前来购买的人依然很多。

有时候，做好生意只需要一点儿风。

成功无常规

由于他摸准了地板市场的空白，敢于突破常规，从而获得了丰厚的回报。

◎张奉连

一位做建材生意的小伙子到厂家进货。验货时，小伙子看见车间一个角落里堆着许多破损的地板砖，就问："它们怎么堆在这里呀？"销售科长说："这些地板砖是在生产或搬运过程中不小心被弄坏了边边角角的，因此成了废品，还没清理掉。"

小伙子捡起一块地板砖，发现这些地板砖花纹精美，色泽亮丽，质地也很好，不由得感叹："就这么扔了，怪可惜的。"忽然，一个想法浮现在他的脑海里：现在住房装修离不开地板砖。目前，市场上的地板砖都是常规品种，而新房装修时要用到一些其他规格的地板砖，在市场上很难买到，只能在现场进行切割。这样不仅麻烦，还造成了一定的浪费。要是把这些破损的地板砖加工成特殊规格，一定可以变废为宝。

于是，小伙子对销售科长说："我想把这些破损的地板砖低价购买回去，你看怎么样？"销售科长一听，哈哈大笑："你是我们的老客户，这些地板砖，你要就送给你了，还谈什么钱不钱的。况且，我们正打算雇人将它们弄走，刚好省去了我们许多的麻烦。”

小伙子把这些破损的地板砖拉回了家，又买了几台切割机，按照装修的要求，自己设计成十几种不同规格，对破损地板砖进行不同形式的切割，然后，配合普通规格的地板砖一起出售，让顾客根据自己的需求进行挑选。顾客听到消息后，纷纷前来购买，有的顾客还跟小伙子签订了长期供货合同。这样一传十，十传百，小伙子的地板砖门市部很快就门庭若市了。

初试成功后，小伙子通过合同，回收了多家地板砖生产厂的“废品”，加工出售这种“特殊规格”的地板砖。由于他摸准了地板市场的空白，敢于突破常规，从而获得了丰厚的回报，很快便成为远近闻名的大老板。

从停车位到考勤管理

头痛医头，脚痛医脚，往往收效甚微，而横向思维、另辟蹊径往往能收到意想不到的效果。

◎国　勇

位于西雅图的微软公司研发中心，拥有四十多名全球顶级的IT精英。这些精英每年为微软创造了大量的财富，公司也为他们提供十分优厚的福利待遇。为了激发员工的创造力，微软公司给予这些员工充分的自由。在这里工作，兴致来了，你完全可以去打篮球，去健身房，去游泳池，去喝咖啡，甚至会有专门的按摩师给你按摩。只要你愿意，你完全可以像在家里一样，惬意极了。如果是特殊人才，还有更多的优待。公司只有一条规定：按时上下班，哪怕是喝咖啡，你也要坐在公司里喝。可是，员工们自由散漫惯了，而且美国人喜欢过夜生活，所以上班老是迟到，部门经理为此伤透了脑筋。

为此，部门经理制定了严格的考勤奖惩制度。可是根本没人当回事。迟到了，客气的员工还会朝部门经理耸耸肩笑笑，不客气的员工干脆就若无其事。有一回，部门经理扣了一名叫莱特的软件工程师两百美元的考勤奖。莱特大发雷霆，直接就交了辞呈。事情闹大了，连比尔·盖茨本人都被惊动了。部门经理做得没错，然而莱特又是公司在办公自动化方面引进的特殊人才，比尔·盖茨只好亲自调解。最后返还了莱特两百美元，这事才算了结。

莱特是留住了，但是迟到现象却更严重了，大有变本加厉之势。怎么办呢？比尔·盖茨也很伤脑筋，不管不行，硬来，又怕挫伤了员工的创造热情。

有一天，比尔·盖茨在草坪上散步时，无意中看到了公司的停车场。五十个车位上停了四十几辆车。而旁边，某些小公司的员工，因为停车位的不足，一些车子一直停到了远处的马路上。看到这里，比尔·盖茨灵光一闪，一个绝妙的好主意产生了。

第二天，比尔·盖茨就让部门经理将公司的停车位卖掉了十个，只剩下四十个停车位。上午10点，就有员工不满地向部门经理反映："没有停车位，车往哪儿停？"部门经理抱歉地说："停车位是租的，到期了，业主不愿续租，公司也没办法。"

一个星期后，奇怪的事情发生了。研发中心的四十多名员工再也没有迟到的了。因为一旦迟到就意味着要把车停到马路上。如果迟到得厉害了，就连附近的马路也没处停。有一回，一个拖沓的员工居然把车停在了一英里外的马路上。

从此，微软研发中心再也没有人迟到了。

这就叫管理，头痛医头，脚痛医脚，往往收效甚微，而横向思维、另辟蹊径往往能收到意想不到的效果。

沉默招生意

沉默是金，很多时候，很多地方，沉默也是一种营销谋略。

◎李耿源

香港有一家名叫心心相印的女性内衣专营店，该店店门是紧闭着的，门口有两名女保安和一名收银员。该店一律禁止男士入内，只有女性顾客才允许进入。店里，四周都挂满镜子，各式女性内衣都放在架子上，还有女性三围的测量方法和有关内衣穿着指南等宣传品及软尺。整个店里没有一个店员，顾客可以在宽敞的店内脱下自己的衣服，任意试穿各式内衣，直到满意为止。由于该店内衣品种丰富，所以进入该店的女士几乎没有空手而归的。该店巧妙地抓住了女性在购买内衣时喜欢如同在家里时的微妙心理，吸引了越来越多的消费者，生意自然蒸蒸日上。

长期以来，我们一直把喋喋不休的主动服务当作热情。许多商家都订立了“服务准则”，要求营业员做到热情服务。无论是从商品促销还是发挥文明窗口作用的角度来说，这都是正确的。但有个重要的问题也是商家不能忽视的，那就是对不同的顾客要区别对待。对有些顾客，如果过分地“热情”，往往就是夏天的烈日，会把消费者的购买欲望蒸发掉。如有一位女士想买一件文胸，到第一家店里走到文胸柜台前，店里的男营业员主动上来服务，还说了一大堆诸如“我们这些货很正宗，包你不会变形”“要不要帮你挑一件，包你满意”之类的热情话语，结果这位女士头也不回地逃出了店门。她又到第二家店，营业员倒是一个女的，但女店员也热情过度，在许多男男女女顾客面前拿了一件在自己胸前比起来，还煞有介事地说：“你和我差不多，这一件你穿上肯定天衣无缝。”可她胖得起码比这位女士多半个人，“多情”的一句话，吓得这位女士拔腿就走。

有的顾客进商场，也许只是随便看看而已，售货员就不可轻举妄动，一旦热情过了头，“只是想看一看”的顾客便很容易陷入“买也不是，不买也不是”的窘境，可能他会抬腿就走，也可能他会将商品买走，但是这样的购物环境只怕他下一次不敢再来领教了，商家可能也因此会失去一位或一群顾客。沉默是金，很多时候，很多地方，沉默也是一种营销谋略。

蹦跳的板栗

凡事动脑、用心，敏锐于环境中的人和事，
再把意念化成行动，积极地逐步向前迈进，
就能为自己开创一片新天地。

◎胡艳菊

在日本一个偏远的山村里，卖板栗是当地村民主要的生活来源。每到深秋时节，漫山遍野的枝头上挂满板栗。颤颤悠悠的板栗，随风抖动，吸引着当地的村民，每到这个季节，他们就开始忙着采摘了。他们把摘下的板栗运回家里，再倒出来，全家总动员地依照板栗的大小，进行筛选、分级，再运到城里或批发或零售。

每个村民都知道，板栗要想卖个好价钱，最主要的是，把筛选的板栗先人一步送往城里，很多人家的人手不够，就会到附近的村子里以高薪招人。

然而，令很多人不解的是，村里有一个年轻人，他家只有一个老母亲，尽管人手有限，却从不见他找帮手。每次他总比其他村民快一步抵达市场，且喜滋滋地开着空车回来，卖个满堂红。

原来年轻人的秘诀是，每次摘完板栗后，直接装进麻包袋里扛到车上，出发的时候，专找坎坷不平的山路走，一路颠簸，小颗的就蹦跳到袋子的下面，大颗的便留在上面，这样就省去分级、筛选的时间了。有人问年轻人是怎么找到这个方法的。年轻人笑一笑：“只要用心，总能找到适当的方法。这不是偶然而是必然的结果。”

总有人一听到坏消息就会烦忧或者抱怨，也总有一些人，能从生活的难题中找出亮点。事实上，凡事动脑、用心，敏锐于环境中的人和事，再把意念化成行动，积极地逐步向前迈进，就能为自己开创一片新天地。

后发制人也胜人

“后发制人”的成功，其实源于雅马哈公司懂得审时度势、及时把握住市场的最大需求。

◎睿　雪

20世纪50年代，日本雅马哈摩托车有限公司成功研制出雅马哈品牌的摩托车。投放市场之后，雅马哈摩托车广受欢迎。但是，没过多久，美国和德国相继推出的新型摩托车更受消费者欢迎。在激烈的竞争之下，日本雅马哈公司的研发人员个个心急如焚，纷纷希望在短时间内能研发出更好的产品来。

奇怪的是，雅马哈的总裁山叶寅楠却一点儿也不着急，只是叫研发的几个人员耐心等待着。大家不知老总葫芦里卖的什么药。几天之后，山叶寅楠终于开始有所行动了：他叫一个员工到市场上买来美国和德国最热销的几款摩托车。买回来之后，山叶寅楠意味深长地对几个研发人员说：“别人的产品热销只能说明一点，它很有特色。所以，我把现在最流行的几款摩托车买回来，希望你们好好研究它们，集众家之长研发出更有特色的雅马哈摩托车。”

研发人员到这个时候才明白老总的用心，于是个个发挥自己的特长研究起别人的产品。整整几个月时间，几个研发人员对几辆摩托车进行反复拆卸、检验和比较。最后，他们终于把几款摩托车的优点都集中在一起，研发出一款CY-80型雅马哈摩托车。车型美、耗油低、噪声小、易操作，CY-80型雅马哈摩托车刚一投放市场就大受欢迎，就连极爱本国产品的许多美国青年也不得不见美心动，纷纷视日本CY-80型雅马哈摩托车为出门观光旅游的理想之车。在这样的情况下，日本雅马哈摩托车迅速打破美国摩托和德国摩托一统天下的局面，跻身世界名牌摩托车行列。

都说先发才能制人，可日本雅马哈却一改常态，让后面研发出来的产品照样走俏世界。“后发制人”的成功，其实源于雅马哈公司懂得审时度势、及时把握住市场的最大需求。

父亲的歪理

给别人开一朵花，其实也是在灿烂自己的生命。

◎王国军

大学毕业后，我放弃了进入外企的机会，回到了自己的家乡。在父亲的帮助下，我开了家海鲜店，利用自己这几年所积攒的人脉，很快打开了局面。

不久，我决定扩大店面，当我告诉父亲时，他却犹豫了："你这里地理位置虽好，可就一家店，没形成规模，客源不可能太多。"当时，我被自己的雄心壮志冲昏了头脑，哪里还听得进父亲的建议。

一个月后，我的店面扩张了一倍，但生意并没有预想的那么火热，维持店面的费用却在成倍增长，我开始感觉到沉重的压力。

有一天，一个初中同学来找我，他说他也想开家店，给别人打工总不如自己当老板，他让我提些建议，我的回答支支吾吾。父亲急了，跑过来说："那你也开家海鲜店吧。"我使劲朝父亲使眼色，示意他走开，但父亲越说越来劲。等他一席话说完，同学已经是两眼发光，一个劲儿地和父亲握手说感谢。

等同学走了，我忍不住埋怨：“爸爸，你怎么能叫他也来开海鲜店呢？一个店的生意都这么差，何况是两家店？”父亲笑了，摆摆手说：“不是两家店，起码要开五家店。”我诧异地望着父亲没说话，但我知道，父亲从不打没把握的仗，这样做，自有他的道理。

两个月后，我所在的龙湾街，开了六家海鲜店，成了名副其实的海鲜一条街。紧接着，父亲联手几家海鲜店搞了次大型的“吃海鲜，送摩托车”活动，海鲜城因此声名鹊起。

正如父亲所料，打开市场后，店里的生意不仅没有减少，反而越来越兴旺。父亲生日那天，其他几家海鲜店的老板都提着厚礼来看父亲，说感谢父亲给他们指出一条生财之路。父亲高兴地对他们说：“其实，要说感谢的是我们，是你们的加入让我儿子的店起死回生。”

晚上，父亲走过来，跟我讲了个故事，是父亲年轻时候的事了。那时，像现在的我一样，父亲雄心勃勃想干一番大事业，他和几个志同道合的同事一起跑起了运输。当时同市的几个车队竞争非常激烈，但父亲经常把自己揽到的业务介绍给其他车队。很多人不理解，甚至还骂父亲吃里爬外。直到有一次，父亲所在的车队承包了一单去俄罗斯的业务，在半路上遭遇到了雪灾，他们陷入绝境，幸好其他几个车队赶过来了，经过两天一夜的抢救，父亲他们才转危为安。

父亲语重心长地对我说：“我想要告诉你，给别人开一朵花，其实也是在灿烂自己的生命。同样的道理，我让大家都来开海鲜店，表面上，你像是亏了，但大家只要有序竞争，反而能形成一个品牌，用一个拳头说话，客源当然不足为虑了。”

我相信父亲说的是事实。半年后，我的店面再次壮大了一倍，我也成了当地有名的海鲜大王。一年后，我的海鲜分店遍布了这座城市，我在分店的办公室里，都挂上一条父亲送我的话：“给对手也开一朵绚丽的花。”

是的，这句话，值得我一辈子去铭记！

一位“衣橱整理师”的苦乐生活

我是通过自己的辛勤和智慧获得了高收入，不存在什么暴利，虽然每天很苦很累，但心里却很踏实。

◎张达明

二十六岁的张馨合大学毕业后，在北京从事形象顾问工作，2008年，受全球金融危机影响，她的收入也大打折扣。一次坐地铁时，她听到两个三十岁左右的女士抱怨说，虽然衣橱里挂满了各种高档衣服，可穿来穿去就是那么几件，让她们深感苦恼。说者无意，听者有心。一个念头从张馨合的脑海冒出：凭自己多年从事形象顾问工作积累的经验，何不去帮人整理衣橱、陪人去商场购物？这肯定是个潜在的赚钱机遇，如果干得漂亮，绝对要比白领赚得多。

张馨合经过认真考察后，于2008年从北京来到山东青岛，做了一个专职“衣橱整理师”。

然而，半年过去了，尽管她使用了各种招数，仍没有揽到一笔生意。当地人普遍认为，自己的衣橱为什么要请别人来整理，而且费用又那么高，值得吗？张馨合并未气馁，继续坚持自己的理念，并加大了宣传力度。她在给各大公司发送的广告中写道："员工是公司的主体，作为公司的一名员工，您的精神风貌、言谈举止，尤其仪表服饰，都是公司人格化了的最为直接的表现，综合反映了一个公司员工的修养、能力等各个方面的总体素质。您作为这个公司的一员，难道就不愿意让自己的形象光彩照人吗？！"

不懈的努力终于有了回报。2008年底，一位姓刘的女士找到张馨合，请她帮忙整理衣橱。当她来到刘女士家后，看到衣橱里挂满了衣服，而经常穿的衣服却不到三成。张馨合把刘女士的衣服全部拿出来，一件件挂在临时衣架上，按照冷暖色调的不同予以分类，再按所属的风格和服装质地进行分类，并为刘女士设计了适合不同场合的着装方案，又把整理后的衣橱以及她建议的每一款搭配进行了拍照，留给刘女士以后做参照。

看着被张馨合整理后焕然一新的衣橱，刘女士简直不敢相信自己的眼睛。张馨合此次整理衣橱共花了四个多小时，得到了八百元收入。刘女士不但十分乐意地付了款，还和张馨合预约了陪自己购物的时间，当然，这是要另外付费的。

今年三十岁的李女士，是一家中外合资公司的高管，尽管家里三个衣橱里挂满了衣服，却时常为"无衣可穿"而苦恼。她无意间听说青岛有个职业衣橱整理师，就慕名找到张馨合为自己出谋划策。

在整理衣橱前，张馨合首先对李女士进行了色彩诊断和风格诊断，包括肤色、发色、五官特征等，然后找到李女士最适合的穿衣风格。

经过近两个小时的“诊断”后，张馨合拿出携带的白布、相机和“场合标牌”开工了。她一边干活，一边向李女士详细讲解搭配技巧。讲解完毕后，张馨合给搭配好的衣服拍了一张照片，然后又拿出“时尚职场”“都市休闲”“运动休闲”的标牌，分门别类进行了合理搭配。惊喜不已的李女士非常满意，高兴地付给张馨合四个多小时的服务费八百元。

因为收费较高，张馨合服务的对象多是三十岁左右的白领女性。她深知，这类人群收入高，也真正需要美，但有经济实力的人，往往没有时间逛街，也没有时间研究如何让自己美起来。而“衣橱整理师”也正因此应运而生。每次服务，她都针对不同客人的需求，有时会为一个客人服务一整天，收费在三千元左右，如果仅整理衣橱，一次收费在八百元。由于她的服务质量高，客人都心甘情愿掏这个钱。

现在，张馨合的客户越来越多，已经有了一批固定的老客户，每个月都有十个以上的顾客找上门，月收入也达到万元以上。随着知名度的提高，她不仅成为知名的形象扮靓专家，经常应邀对各大企业员工进行培训，课程涉及职场着装、化妆技巧、优雅仪态培训以及各种商务礼仪，很大程度上提高了员工的精神面貌和整体形象，深受企业和员工好评，而且还被多家时尚杂志聘为特约撰稿人。

有人质疑张馨合的工作是“暴利行业”，但她并不这样认为：“整理衣橱和陪客人购物要吃很多苦，并不是局外人想象的那么轻巧。不知内情者很难知道我干活时有多苦，曾有多少次，在整理完客人的衣橱后，客人又提出陪逛商场购物，逛到晚上9点那是常事，其间要不停地陪着客人试衣服、搭配衣服，回到家后整个脚都肿得不像样了。所以说，不管干什么工作，都要做好吃苦的心理准备，绝对没有不付出就能得到回报的好事情。我是通过自己的辛勤和智慧获得了高收入，不存在什么暴利，虽然每天很苦很累，但心里却很踏实。”

赚明天的钱

赚明天的钱，属于前瞻性思维，是一种智慧、谋略。

◎冯道常

美国商界有句箴言："愚者赚今天，智者赚明天。"中国工商业中也有一句很经典的话："成功的企业家一天中20%的时间用于处理日常业务，80%的时间用于考虑企业的明天。"话虽不同却道出了一个共同的奥秘：关注明天，寻求潜在市场是其出奇制胜的法宝。

在日本有个专门生产经营运动器械的企业家，他叫水野利八。上个世纪初，棒球运动在日本还没有兴起，只有少数的美国海员偶尔打棒球，水野利八很快断定棒球运动是一项很好的运动，在日本必然有广阔的市场前景。于是他立马办起了一家生产棒球的工厂，先是出资做大量的广告宣传，向大众介绍棒球和棒球运动，而后在日本国立高等学校发起棒球锦标赛。这样一来，一项新型的体育运动很快就在日本广泛地开展起来，许多体育爱好者特别是青年人迷恋上了棒球运动。水野利八和他的公司自然赚到了丰厚的利润。

正当他的公司蒸蒸日上、收益大增的时候，水野利八突然做出了一个令公司大部分人无法理解的决定：投入不菲的资金请体育器械的专家研究攻克棒球棒易破裂的关键技术。持反对意见的人认为，如果解决了棒球棒易破裂的问题，棒球棒的破裂减少了，必然会影响公司的销售量，进而影响公司的利润。而水野利八却另有高见。他说：“如果我们能使棒球棒的破裂减少，那将意味着人们能够花费便宜的代价玩棒球，这样玩棒球的人就会更多，我们就能获得更加广阔的棒球市场。”此后的事实印证了他的远见，棒球棒的销售量不减反增，公司的利润连年翻番。

在美国某城市郊外，有一片荒芜的山坡地，因为离城市较远，不占地利，所以搁置多年卖不出去。后来这片土地的主人忽然灵机一动，想出了一个绝妙的计谋。他跑到当地政府部门对一官员说：“我这块土地不要钱给你们盖所大学如何？”当地政府十分赞赏他的建议，并且马上调拨资金，组织勘探、设计和施工。不到一年，一所颇具规模的现代化高等学府屹立在这片不毛之地上。

有了大学就有师生，有了师生就有消费，这位土地所有者在取得政府的认可和支持下，在大学的周边建起了公寓、饭店、商场、影剧院等，形成了独家经营的商业一条街。不到一年，土地的损失就从校外商业街的营业收入中赚了回来。而此后的收益当然是源源不断、永不枯竭。

古人说：“以其不争，故天下莫能与之争。”赚明天的钱，避开了你拥我挤的市场恶性竞争，独辟蹊径，探寻一段时间内或某一区域内独家经营的“新大陆”，所以每每都能收到理想的效果。

赚明天的钱，属于前瞻性思维，是一种智慧、谋略，也是企业家的一种素质、境界。

换个形式创造美

换个形式创造美，世界就不显得那么单调。

◎崔耕和

朋友开了家陶器厂，依托大汶口文化精华做起了仿古陶生意。一开始还算红火，可几年下来生意就陷入了困境。翻来覆去就那么几十种式样可仿，自己看着也不美了，更别说销路了。库存产品越来越多，朋友也是一筹莫展。

我建议朋友不妨扔掉“仿”字，创新陶器的式样、花色、用途，立足实用性、观赏性。

朋友大发感慨，他不是没想到过创新，可创新不是件容易的事，一没专业人才，二没研发经费。再说了，好的式样都让古人做过了，还有太多的人已经创新在前，很难超越。朋友说得极是，记得一位哲学博士曾经道过这样的苦恼，他在哲学领域满头大汗地钻研，刚觉得有点儿新发现，抬头一看，老子、庄子、苏格拉底已经微笑着站在前面等着他了。一位戏剧大师曾这样总结，古今戏剧作品就剧情来讲不外乎二十七种情节类型，现在一切的作品仅仅是这二十七种情节的组合而已。不过，这并不影响文艺创作的花样翻新。

我与朋友说起近来看过的一场时装展的观感。那是一场在澳大利亚墨尔本举行的以“中国元素”为基本内涵的时装展，比例、色彩、廓形、材质无不中国化。水墨丹青、陶瓷青花、绣龙刺凤，还有折扇、中国结，都融入服饰中。T台上，女模们一会儿头戴瓜皮帽走来，一会儿又头顶盖碗、茶壶头饰炫彩，更让人捧腹的是，连大红灯笼都成了手包。这仿佛是一场民俗工艺博览会，如果你觉得这似乎有点儿荒诞滑稽，那就错了。场上观众掌声不断，场外也是好评如潮，因为不一样的形式给人带来了不一样的观感。

朋友也许是从这次谈话中受到了启发，不久，创新作品接连不断。什么棒球瓶、保龄球瓶、补丁瓶，长寿壶、福禄壶、弥勒壶，情侣挂件、白陶象棋等，多得一发而不可收。从朋友的气色中，不用问就知道了新产品的销路。

朋友在当地最好的唐诗酒坊请我吃饭，高兴地说：“酒喝好的，菜点贵的。”看着那些诱人的用唐代诗句做的菜名，我点了一例“两个黄鹂鸣翠柳”。菜端上来一看，俨然是一幅风景画，两个用蛋黄雕就的黄鹂，卧在一片碧绿的西芹上，旁边还点缀着白色的百合。我和朋友都笑了，这是一盘西芹炒百合。我猜想，那盘“一行白鹭上青天”，说不定就是诗化了的“水煮鹌鹑蛋”。

其实，太阳底下没有什么新鲜事，只不过表现形式不同而已。就像天晴久了阴一下，阴久了下场雨一样。能换个形式创造美，世界就不显得那么单调。

白杨树上的葡萄

要想自己获益，就得让别人也获利，只替自己打算而不替别人着想，往往是损人不利己。

◎刘万祥

俄罗斯涅尔琴斯克郊外有一片很大的葡萄园，葡萄园的四周是麦地和树林，其中，靠北边的，是一排挺拔的白杨树。这片葡萄园的主人叫根勒恩赫·利亚季耶夫。

每到金秋时节，各种晶莹剔透的葡萄挂满了葡萄架，利亚季耶夫便组织人员一茬茬地采摘。那些成熟的葡萄被摘下卖掉，未成熟的继续留在葡萄架的藤上，等到成熟后再摘下卖掉。就这样，直到深秋，架上的葡萄被摘完之后，再把葡萄藤卷起，深埋在架下的土坑里越冬。

可是，那最后的一茬葡萄，利亚季耶夫便不再卖了，他组织人员，爬到高高的白杨树上，把这最后一批葡萄悬挂在树腰处。那些葡萄籽粒饱满，紫的像紫晶，绿的像碧玉，一串串密密的颗粒上面，蒙着一层细细的白霜，让人垂涎欲滴，构成了一道独特的风景线。

“这么好的葡萄为什么要挂在白杨树上，是晒葡萄干吗？”新来葡萄园干活的戈吉问利亚季耶夫。

利亚季耶夫诡秘地微笑着，摇摇头：“你看，它们多好看哪，我的孩子，就让它们永远在那树上，它们会替我看护着这片葡萄园。”

“好看是好看，可是，这么好的葡萄不卖掉有些可惜了。”

见戈吉不解，利亚季耶夫指着远处树上的乌鸦和喜鹊说起了一段往事——

这里是乌鸦和喜鹊的栖息地，它们是这里的忠实守护者。每到冬天，其他的飞禽和鸟类都迁徙南下，只有乌鸦和喜鹊要在这里的树上筑巢过冬。那还是利亚季耶夫刚建这个葡萄园的第二年冬天，一场大雪，使大地白茫茫一片什么都不见。天特别冷，一个多月也不见雪化，上百只在这里越冬的乌鸦和喜鹊，因觅不到食物而被冻死、饿死，那个惨景好像就发生在昨天。更让人痛心的是，等到第二年春天，腐臭了的乌鸦和喜鹊的尸体引来了无数飞虫蛾蝶，待到葡萄藤上架，吐绿发芽，刚要开花结果时，一种不知名的毛毛虫，在整个葡萄园泛滥成灾，只那么几天工夫，葡萄藤就成了光杆儿，那年秋天的收成可想而知。那时，利亚季耶夫突然意识到，这些乌鸦和喜鹊是这片葡萄园的保护神，如果它们还在，那些恶棍毛毛虫还会这么嚣张，这么横行肆虐吗？从那以后，利亚季耶夫就把下架的最后一批葡萄，挂到周边的白杨树上。乌鸦和喜鹊因为冬天有了吃的，就在这里继续“安居乐业”。春暖花开，它们时而嬉戏于枝头，时而捕食飞虫蛾蝶，葡萄藤上再也不生毛毛虫了。

“你们说，这葡萄丰收的勋章上是不是也有它们的一份功劳呀？”利亚季耶夫指着树上的乌鸦和喜鹊，对听他讲往事的雇员们说。

要想自己获益，就得让别人也获利，只替自己打算而不替别人着想，往往是损人不利己。要时刻牢记互惠互利的原则，只有双赢才能赢得永恒。

拖住竞争对手

让出8%的市场，其结果却是自己获得比8%大得多的92%的市场。

◎徐立新

立邦涂料漆因其质量上乘，性价比高，以及多达一百种的品种和色彩而深受市场的欢迎，无可争议地成为中国家庭装饰涂料第一品牌。

在牢牢占领了国内市场后，立邦决定将市场的触角延伸到国外市场。临近中国的印度成为立邦首选目标。印度人口众多，每年涂料市场约有六亿多升，且呈不断增长趋势，更重要的是尚无其他强势品牌入驻，市场空间巨大。

2007年立邦涂料印度公司成立，之后立邦在印度一些较大的城市开设了一百多家分店，凭借其多品种、多颜色的特点，立邦迅速挤垮了印度本土的一些涂料公司，稳稳坐上印度涂料市场的头把交椅。

接下来的2008—2009年，立邦决定将产品市场进一步下移到印度的二三级城市，甚至是城镇农村市场，因为这些地方的潜在需求量更大，他们投入巨资新建和扩大了多条生产线，试图狠赚一把。

然而，立邦的这次豪举却遭到了强有力的抵制，几近血本无归。

对立邦形成有效抵制的是印度本地一家涂料公司，中文名翻译过来叫“比格”。

看到来势汹汹的立邦，活得还算不错的比格感到大难临头，急忙展开应对。比格深知，自己没有立邦多达数百条的生产线，无法从多品种和多色彩上与立邦比肩。但是，通过仔细研究调查，他们发现，多品种和多色彩是立邦的优势，但同时也是立邦致命的劣势。因为虽然立邦有上百个品种和颜色，但是最受市场欢迎的，也只有五个品种和颜色，它们占到总售量的92%，其余的则只占到8%。

发现这个问题后，比格集中力量只生产这五种畅销的涂料，而且售出的价格比立邦便宜四分之一，这一下子吸引住了许多客户。

与此同时，比格还了解到，立邦的产品线非常长，而印度二三级城市的交通偏偏不是很发达，更别说一些小城镇和农村了，这就意味着立邦很难在交通欠发达的地方设立自己的专卖店或代销处，这些地区的人如果想买立邦涂料，则必须要辗转乘车到能买到的地方。

此外，立邦对经销商要求也非常高，要求他们必须设立较高档次的展示店，因为进入门槛高，利润低，愿意做立邦经销商的人很少。

与立邦相比，比格则完全相反，他们对经销商设立的门槛很低，使得许多小城镇和乡村里都有他们的代销处，便利性让比格一下子超过了立邦，占领了下面的市场。

接下来，对于那些需要多品质、多色彩的8%的客户，比格则主动免费用车把他们送到立邦的销售处，然后再帮其将买好的立邦涂料运回来。

让人难以理解的是，当有些客户在决定是否要购买多品质、多色彩的立邦涂料而摇摆不定时，比格则会主动怂恿、说服他们去买，称立邦的那些涂料是如何的好，免费帮着立邦去推销。在他们的游说下，这些客户纷纷涌向立邦。

把客户怂恿到对手那里，比格的这种做法起初让很多员工无法理解。但后来事实证明，这正是比格的高明之处。

原来，比格看到立邦其他品质和色彩的涂料只有8%的市场，这样的市场占有率不会对自己造成大的威胁，而自己则几乎抢占了剩下92%的市场份额。

如果，连这8%的市场都舍不得留给立邦，那么当立邦看到自己没有市场了，必然会改变市场策略，砍掉非主流涂料生产线，集中力量生产和销售畅销的五种品种和色彩。而一旦这样，势必会对比格造成致命的冲击。

为了拖住立邦，比格时不时地将占小头的8%的客户送到立邦那里，让立邦不得不隔三岔五地进货，以满足这类客户的需求，这样就无法改变生产线和营销思路，从而就占用了立邦的大量资源，让它无法腾出手来和自己竞争。

让出8%的市场，其结果却是自己获得比8%大得多的92%的市场，聪明的比格通过这一策略一举挤掉了立邦昔日在印度涂料市场龙头老大的地位，取而代之，而这无疑是智慧营销的结果！

给门前加个台阶

古人云，修桥补路，利人利己；今人说，
赠人玫瑰，手留余香。

◎李付春

禹红在市中心的繁华地段开了一个副食门市部，已经经营三年多的时间了。尽管品种繁多、货真价实，效果呢？不是很好，但也勉强说得过去。她还说幸亏这个地段客流量多，要不早就关门大吉了。

可是，最近一段时间以来，顾客明显增多，营业额急剧上升。有以前不常光顾的老年朋友，还有一些驾车来的外地朋友，这是怎么回事呢？看她门前车水马龙的样子才知道，原来，她在大街上冲她门口的地方放置了一个木制的台阶。

其实，她设置这个台阶也纯属偶然。本来，她门市部前边大约十五米处是一条繁华的交通要道，但沿着道路与她的门前却有一排四十厘米左右的路边石。禹红前段时间刚买了轿车，每天出门回家都不方便了。她想总不能把车停在路边吧，也不能为了进自家的门店转弯三十多米到前边去转吧！

于是，她请别人做了一个一米多长的“三角体”，放到路边，每天自己的轿车来回出门可方便多了。没有多长时间，别人也发现了这个阶台，好多汽车、摩托车、电动车和自行车也都从这个台阶上过来。可能别人会想，到商店买东西时，把车停放在路边，一个是不安全，再说交通警察也不允许呀!

给门前加了个台阶，本想方便自己，没有想到给自己拓宽了一条财路。由此，她的门市部由原来的门前冷落，变成了“旺铺”。

古人云，修桥补路，利人利己；今人说，赠人玫瑰，手留余香。都是说让人在关心他人的同时，自己也得到了实惠。

被“暗算”后的机会

当对手的黑拳从背后袭来时，不要抱怨，不必郁闷，换个角度想一下，也许新的机会就来了。

◎焦淳朴

史瑞乔是美国一家小殡仪馆的老板，由于他待人热情、诚信经营，所以他的生意做得风生水起。同行是冤家，他的生意越火爆，留给竞争对手的市场份额就越少，同行处心积虑地想要击败他，特别是他斜对面的那家店。史瑞乔对这一切处之泰然，他对自己充满了信心。但奇怪的是，没过多久，他的生意越来越差，而对面那家的生意却越来越好。他开始琢磨起来：难道他们的货更物美价廉？难道他们的服务质量有所提高？难道……史瑞乔百思不得其解，一时不知如何是好。

一天，一个顾客上门投诉。史瑞乔很纳闷，因为没有给这家送过货。但客户坚持说买的是他的货。史瑞乔又是查阅电话簿，又是让客户辨认他的员工，没有结果。后来，事情终于水落石出。原来，电话局里的一个接线生得了斜对面殡仪馆老板的好处，把史瑞乔的业务接到对面去了。

了解了真相的史瑞乔并没有火冒三丈地去找对手算账，也没有把对手告上法庭，而是想如何从根本上解决这个问题。他想：“要是能实现电话自动转接不就可以避免这种状况出现了吗？”他很为自己的想法兴奋，并且说干就干。他查阅了大量的书籍，又虚心地请教这方面的专家，终于发明了世界上第一台自动电话交换机。它避免了人工接转的主观性，同时节省了劳动力，史瑞乔利用别人的“暗算”来成就自己，给自己一个全新的事业通道。这项伟大的发明，也让他在科技史册上留下了自己的名字。

当对手的黑拳从背后袭来时，不要抱怨，不必郁闷，换个角度想一下，也许新的机会就来了。只要你善于发现、乐于思考，生活中处处是商机，处处是转机。

让大象给汽车洗澡

都说成功需要另类的创意，但另类的创意，
也需要有心人才能发现。

◎唐宝民

鲍勃·劳伦斯是英国一家动物园的业务主管。这家动物园因为远离闹市区，所以游客一直很稀少，劳伦斯一直在想办法改进这种状态，想吸引更多的游客前来观光，但一直没有太好的办法。

有一天，他看到一对开车来的夫妇在离开动物园时，女士对丈夫抱怨道："开这么远的车来，车身都脏了，回去还得花钱洗车……"这位女士的抱怨引起了劳伦斯的注意，他想，如果能把这些游客的自驾车都给清洗一下，不就可以招徕更多的游客了吗？但转而一想，如果增加这项服务，就要增加设备和人员，那样又是一笔不小的开销，很可能得不偿失，于是只好作罢。

没想到，事情在两天以后出现了转机。两天以后的一个中午，劳伦斯在园区里转悠，当他走到大象生活区的时候，看到一头大象正在戏水，只见那头象把鼻子插进水中，吸了一些水，然后便扬起鼻子，将水喷向空中，形成一道瀑布。这个情景忽然启发了劳伦斯，他想：如果用大象来给游客洗车，不是既可以节省费用，又可以供人们观看吗？当天下午，他便向经理做了汇报，经理很赞成他的想法，他便安排专人对大象进行训练。经过一段时间的训练，这头大象学会了洗车，看到车开过来，就把鼻子伸进水中，吸一些水，然后扬起鼻子，把贮存的水对准车身喷过去，喷湿了以后，还会用鼻子卷起一块海绵擦拭车身……

当一切都准备就绪以后，劳伦斯让人在动物园入口处挂了一个牌子，上面写道："凡是开车来的游客，将得到由本园大象为您免费洗车的待遇。"人们看到这个牌子后，都感觉很好奇，就按照要求把车开到了指定的湖边，车停下来以后，那头负责洗车的大象便走过来，用鼻子吸满了水，然后为这辆车做清洗工作……看着它认真工作的样子，游客非常高兴。这样一传十十传百，越来越多的人知道了这件事，很多人就为了满足好奇心，从很远的市里开车来让大象给车洗澡。这样，"动物园有会给车洗澡的大象"这条新闻便不胫而走，动物园的名气大增，游客数量自然也大增，收入当然就很可观了。

都说成功需要另类的创意，但另类的创意，也需要有心人才能发现。成功，其实并不复杂，它只需一个简单的创意，比如：让大象给汽车洗澡。

他山攻玉

人活一世，草木一秋。时间对人来说如浮云苍狗，白驹过隙。如何在相对短暂的生命里活出精彩的自己，有高人指点、遇贵人相助都是我们希望的。百态人生，万千滋味，他山之石可以攻玉，读他人故事，鉴别人经验，扫成长阴霾，修自我身心。智者、名人、成功人士，似乎那么远，却又那么近……

信义的价值

迪士尼用实际行动践行了十六年前对小女孩儿久美子的承诺，完美体现了企业“信义的价值”。

◎如意荷风

小女孩儿久美子，是日本人， 十九岁。十六年前，她只有三岁，随奶奶到东京迪士尼乐园游玩，买了通票进去后，因为年纪、身高而不能乘坐“大雷山过山车”。于是，迪士尼给了她一张“未来通行证”，并许诺待她身高达标便可不用排队直接进入。

十九岁的她回家祭奠病逝的奶奶，在整理遗物时，翻出了这张“未来通行证”。她记起了往事，很好奇地想，已经过去了十六年，这张手里的“未来通行证”还能用吗？迪士尼对幼小的她许下的承诺还能兑现吗？

妈妈说：“噢哟，别做梦了，估计早都不算数了吧？”爸爸说：“那可不一定，那些很有名的大企业一般都很看重信义的价值，不会轻易失信于人。”久美子说：“守不守信，只要再去一次迪士尼就知道了。反正我正好要去东京上大学。”

就这样，久美子拿着她的那张“未来通行证”出发了，一路上她都在猜想迪士尼“大雷山过山车”的工作人员见到她会怎样对待她。

结果，当她再次来到迪士尼，拿出她的“未来通行证”交给工作人员时，工作人员大吃一惊：“啊，你完全长大了嘛。”然后立刻带她走到队伍的最前方。

迪士尼用实际行动践行了十六年前对小女孩儿久美子的承诺，完美体现了企业“信义的价值”。

第一“果粉”的智慧

迈克尔不惜多花几千美元争当第一“果粉”，为的就是借人们喜欢关注“第一”的心理制造出新闻事件。

◎张珠容

2014年秋，当苹果公司宣布超大屏的iPhone 6将于9月12日开始预定、于9月19日上市时，无数“果粉”为之心动。由于时区不同，澳大利亚于9月18日就开始发售，所以它成为全球首个发售苹果iPhone 6的国家。正因如此，大批“果粉”提前几天就从世界各地赶到澳大利亚各大苹果旗舰店，在门口“风餐露宿”，只为购得第一批iPhone 6。

这批“果粉”中，有一个名叫迈克尔的中年男子。他千里迢迢从英格兰的切姆斯福德市飞往澳大利亚布里斯班的苹果旗舰店，希望能抢先拿到世界上第一部iPhone 6。可惜的是，他到达苹果专卖店时前面已经有一位小伙子在排队了。

迈克尔不甘心，他和小伙子进行了激烈的讨价还价。

“你好，我需要怎样做才能站到您的前面去，拿到第一部iPhone 6？”

“不，我不想让出第一位。”

“我花一千美元购买第一的位置可以吗？”

“一千美元？！只为一个位置？”

“您是觉得这酬金太少了吗？一千五百美元怎么样？”

“哦，天哪，你疯了。”

“两千美元可以成交吗？”

……

迈克尔就像是参加一场拍卖会，不断给小伙子加价。当他加到三千美元时，小伙子心动了。小伙子腾出了第一的位置，迈克尔当场数了三千美元递给他，然后兴奋地跳起来。围观的人见了纷纷摇头，他们觉得迈克尔的行为太不可思议了。

2014年9月18日早上8点，布里斯班苹果旗舰店的大门终于打开。迈克尔进去数分钟之后，如愿以偿拿到了第一部iPhone 6。迈克尔走出店门时，门口不少记者把摄像机对准了他。他们想知道，第一个拿到iPhone 6的顾客此时有什么感受。

迈克尔一言不发，他掏出盒子里的新手机，开机，然后自拍了一张照片。接下来，他从自己的行李包中掏出一瓶啤酒以及一个大啤酒杯。当大家认为他要为庆祝自己成为第一“果粉”而喝上一杯时，他将啤酒倒进酒杯之后，径直把iPhone 6丢了进去！

“哦，天哪！他拿到了世界上第一部iPhone 6，却把它丢进了啤酒里！”围观的很多人大惊失色。很快，迈克尔的手机就自动关机黑屏。

迈克尔却一点儿也不着急。他端起泡有iPhone 6的啤酒喝了一大口，然后慢悠悠地从行李包中拿出一包用密封袋子盛装的液体。他从啤酒杯中捞起iPhone 6，然后又将它放进那包液体中浸泡了好几分钟。在这个过程中，围观的人不断高喊“他疯了”“iPhone 6快要没命了”这样的话。

迈克尔取出iPhone 6后终于说话了：“现在，我将手机放置在空气中晾二十四小时，明天的此时，我将再次开启手机，让我的自拍照重新呈现。”迈克尔的这句话，吸引了更多记者的拍摄。大家都想看看，眼前的这个“果粉”到底是不是一个说大话的人。

当夜，迈克尔仍旧在店门口搭帐篷住宿。第二天早上8点刚过，他就兑现诺言，尝试开机。一秒、两秒、三秒……没过一会儿，这部iPhone 6竟然神奇地启动了！

“哇！”人群中发出阵阵赞叹声。记者们纷纷问迈克尔是怎么做到的。迈克尔这才表明了自己的身份：“大家好，我除了是一名忠实的‘果粉’以外，还是英格兰切姆斯福德市一家手机修护公司的职员。其实，水本身并不会损害手机，导致手机短路和发生故障的是水中的矿物质，因此只要没造成严重伤害，手机都是可以拯救的。前一段时间，我们公司的设计人员奥利弗·莫非研发出了一款名为Reviveaphone的简易装置，就是你们昨天看到的那袋溶剂。当你们的手机受潮发生故障，只要卸掉电池放入此装置中浸泡七分钟，这一溶剂就能将具有腐蚀性的物质从受潮手机中溶解并除去。七分钟一到取出后，大家需要在开机前烘干二十四小时，倘若还是不管用，不要惊慌，再耐心等上二十四小时，一定能成功重启。”

原来如此！大家终于明白，迈克尔不惜多花几千美元争当第一

“果粉”，为的就是借人们喜欢关注“第一”的心理制造出新闻事件，继而把消费者的目光聚焦到他公司的产品身上！

迈克尔的这番苦心也终于没有白费，那些拍有他用Revive-aphone神奇修复好第一部iPhone 6的视频就像病毒一样在世界各大网站传开了。他从澳大利亚启程回公司的同时，世界各地的产品订单也像雪片一样飞向了他的公司。

红牛公司甘做“冤大头”

面对麻烦，一般而言，人们唯恐避之而不及，
但其实若能够换一种角度去审视和利用，
说不定可以将麻烦变成有利因素。

◎张　鹰

最近，著名功能性饮料制造商红牛公司在美国纽约因“红牛给你双翅膀”这句广告语惹上麻烦——有人状告红牛公司，称他饮用红牛多年却未长出翅膀，所以要替所有饮用过红牛的消费者讨回公道。这句广告语明显是一种比喻性的说法，本身并没有什么问题，然而令人意想不到的是，红牛公司却甘愿支付高达一千三百万美元的索赔。

本杰明·卡瑞瑟斯是纽约一家律师事务所的律师，今年9月才参加工作，他心浮气躁，急于出名，于是苦思冥想出名的捷径。一天晚上，本杰明在家里看电视时，看到了红牛公司的广告，广告语为“红牛给你双翅膀”。本杰明由此打起了歪主意：以喝红牛没长出翅膀为由状告红牛公司并代表消费者向其索赔，这样无论输赢他都会引起公众的关注。即便败诉，按照美国法律而言，他也没什么风险，毕竟喝红牛不能长出翅膀是事实。

于是，10月初，本杰明一纸诉状将红牛美国公司告上法庭。这一事件经媒体披露后，美国公众普遍认为本杰明是无理取闹，肯定会败诉。

红牛美国公司接到法院传票后，总裁艾伯特意识到这是一起恶作剧，就让红牛美国公司的法律顾问做好应诉准备。

当天晚上，艾伯特要宴请一位来访的朋友哈里森，此人是一位资深营销专家。他们乘轿车路过纽约时代广场时，红牛公司巨大的广告牌映入他们的视线，“红牛给你双翅膀”这句广告语显得格外醒目。哈里森指着广告牌对艾伯特说：“这句广告语太棒了！”艾伯特苦笑一下，把这句广告语惹上官司以及正准备应诉之事告诉了他。哈里森颇有意味地笑了下，话里有话地说：“不必苦恼，你们的机会来了！”这令艾伯特深感意外：“为什么这么说呢？”哈里森说：“其实有时巧妙地参与法律诉讼也可以取得意想不到的品牌宣传效果，其实你们完全没必要去应诉，直接和原告和解，同意赔偿得了。”艾伯特更疑惑了，哈里森接着解释：“你们打赢官司，本杰明打输官司，并不稀奇，因为本杰明明显是为了出风头而故意找你们麻烦的。但如果你们承认自己输了，并且愿意给消费者赔偿，这才新鲜有趣呢！这将产生巨大的广告效应！”艾伯特这才开了窍，但还是不无担心地说：“不是所有的消费者购买后都能留下购买的票据，如何确定究竟哪些人是真正饮用过红牛的人呢？如果索赔的人过多怎么办呢？”哈里森摆摆手说：“完全不必较真，是否真正饮用过红牛并不重要，因为无论是谁申请都可以起到宣传红牛的效果。至于赔偿金额，你们设定出上限就可以了。”艾伯特这才恍然大悟，向他竖起了大拇指。

第二天，艾伯特找到红牛美国公司策划总监米奇，将哈里森的创意和盘托出，让他据此做一份品牌宣传方案。米奇接到这个任务后无比兴奋，迅速召集得力干将投入工作中。

几天后，米奇的团队做出了品牌宣传方案：2002年1月1日至2014年10月3日期间在美国购买过红牛饮料的人皆可登陆红牛美国公司的官方网站申请赔偿，赔偿总计1300万美元，每人得到的赔偿金按申请赔偿的总人数计算，申请截止日期为2015年3月2日。而后，艾伯特派人与本杰明沟通，请求进行庭外和解，本杰明当然是见好就收，因为以这种离奇的方式收场总比自己灰头土脸地面对失败更好。于是，策划方案在媒体的配合下开始执行。

结果，从10月8日开始，网站访问量暴增，短短几天时间，访问量就增加了4600万人次……当然申请者中不少是冒牌者。除此之外，这一新鲜事经媒体传播后也在世界各地引起了众多人的兴趣。这两种情况，在广告学上都被认为极大地增加了消费者的认知。

红牛公司请专业人士仅对短短几天时间的宣传效果进行了评估，这次策划活动取得的品牌宣传效果要比花费一千六百万美元在纽约时代广场做一年广告的效果还要好很多。

面对麻烦，一般而言，人们唯恐避之而不及，但其实若能够换一种角度去审视和利用，说不定可以将麻烦变成有利因素。

掘来财运一念间

挖掘出顾客潜在的需求，帮他们“节省”，
对上心思，满足特殊，利于他人，就能给
自己带来滚滚的财源。

◎刘　卫

去年，同事老李开了家日用杂货店，卖的多为寻常之物，挂起了“五元店”的牌子。

开张后，市场反应平淡，顾客对这种低价招徕的方式趋于麻木。每天偶有顾客买些零星的物件，并没有像他预期的那样火爆。问题出在哪儿呢？老李暗中走访，原来附近已有三四家同质店，售卖方式大同小异。如果没有自己的特色，是难以突破重围，找到良性赢利点的。

那天，老李还在为销售出新、出奇犯愁，一个中年顾客拿着把电钻“爱不释手”，欲买还休。店里没啥顾客，老李上前想探出他的心思。中年人吞吞吐吐地说：“我想在家里自己装窗帘、安热水器和一个扶手，也就用一次吧！买下来挺不划算。要不我给二十元租一天，再照价交点儿押金，如何？”

老李想了想，这不是两好合一好吗，行！迅速办好手续，中年人喜滋滋地拿走电钻，如期“完璧归赵”。老李发现，他还是个行家，电钻虽用，但没见怎么磨损。隔几天，这中年人又来租用了几样小五金工具，说把他家修补活儿都弄完。

这件事使老李深受启发。周围百姓里，还有多少这样的潜在需求哇！假如店里所有的货物只租不卖，那又是怎样的情景？既可以解决顾客临时之需，又不占他们的生活空间，物件用完还在店里。循环收租，不就是一个新颖的盈利模式吗？

说改就改。老李从旧货市场低价收了一些“看相”尚可又实用的物件，再把一些货值较高的杂件保留在店里，同时把招牌换成了“百物出租店”。

改换门店第一天，好多顾客来看稀奇。一位中年女子进门就喊：“老板，给我来五张折叠长条桌和四十把椅子，外加一顶塑料帐篷。”老李事先做了细致的市场调查，这里的居民办丧事喜欢在巷口搭帐篷、摆场子来招待吊唁的亲朋。临时一用，无法在外面借齐，全部买下肯定不合算。再无他店有此业务。这单做下来，老李纯赚了二百元的“租子”。接着社区慕名前来，租了两条空白横幅，说是年底欢迎上级来检查工作。最大的一笔业务来自附近的小学，适逢年底，要展示教学成果，学校一口气租了三十几块展板。这一天，老李和老伴忙昏了头，开票、收押金、发货和临时调货。到晚上一算账，当天各种租子竟然收了八百多。

老李这下尝到了甜头，把隔壁闲置门面包下来，不断地扩大和完善出租物件的清单，室内绿色植物和宠物等也在考虑之列。他聘了两个大学生当帮手，在电脑上打印正规小票，包括出租物品名、数量、状态、租期、归还日、押金和租金等内容，一应俱全。由于涵盖面广，物件“看相”好，租金较优惠，名气越传越响，好多人从远处来“淘宝”。依托滚动的租子，老李又开了两家连锁店。

挖掘出顾客潜在的需求，帮他们“节省”，对上心思，满足特殊，利于他人，就能给自己带来滚滚的财源。

苹果汁和洗发水

好的服务，就是你会感觉商家给你安插了一个私人侦探，你的个人喜好被他了解得清清楚楚、透透彻彻。

◎宝　谷

严教授要到新加坡研究一个课题——什么是好的服务。他住进五星级来福士宾馆，在服务台登记完护照之后，服务员双手捧着护照还给他，还很温馨地说了一句："严教授祝您生日快乐！"

严教授呆住了：哟，她怎么知道我今天生日？一想，明白了，护照上有。行李员很快过来拉走行李，领严教授上电梯。房门一打开，严教授就看见茶几上放着一个花篮，花篮上有一个绶带，上写：祝北京来的严教授生日快乐！

严教授很感动。中午午饭时分，严教授到宾馆餐厅吃饭，刚坐下，餐厅领班和员工就推着一个大蛋糕过来了，他们一边推一边嘴里还唱着生日歌。严教授激动不已。

新加坡很热，晚上回到房间，严教授想喝饮料。他拉开冰箱门，里面各种饮料都有，每种都是两听。严教授只喜欢喝苹果汁，找来找去，他找着了苹果汁，喝得很过瘾。

冲凉的时候，严教授发现卫生间里头的洗发水不是自己喜欢的牌子，就打个电话叫服务员送上来一瓶花王凉爽型的。晚上睡觉，一向喜欢“高枕无忧”的严教授将两个枕头叠加在一起睡。一夜睡得不错。第二天，严教授退房外出研究课题，研究期间，他住在一个同事家里。

半个月后，严教授要回国，最后一天又住进来福士宾馆。他在服务台刚递出护照，服务员甜甜的声音就响起来了：“严教授您好，您是不是还住您的608房间？”

严教授一阵儿吃惊：哟，我的姓名、我上次所住的房间，服务员都还记得。自然，严教授还是选择608房间。回到房间，他习惯性地打开冰箱门，想再找苹果汁喝。结果，他呆住了：里面放满了苹果汁，再没有其他任何饮料；惊讶之余，严教授去冲凉，一看，卫生间早已放好了花王凉爽型洗发水；要睡觉了，严教授掀开被子，发现里面两个枕头早已叠得整整齐齐。

严教授感叹：自己还在外头研究什么是好的服务，其实来福士宾馆就有现成的答案。好的服务，就是你会感觉商家给你安插了一个私人侦探，你的个人喜好被他了解得清清楚楚、透透彻彻。就像苹果汁和洗发水，要就多给，不要就一点儿都不给，你的大脑在选择之前，宾馆已经替你做好了准备。

1%成就 100%

先甘心当一只麻雀，潜心演好自己的“偶像剧”，然后再去企及凤凰的荣耀。

◎孙君飞

周杰伦的“御用”作词人方文山当下非常红，从《双截棍》到《菊花台》，他为周杰伦量身定做的歌词几乎篇篇都是精品。这位才华横溢的“鬼才”拥有大量“粉丝”，被认为是当今歌坛中难以撼动的“指标性人物”。然而数年前，方文山还是一个默默无闻的“小麻雀”，他的麻雀变凤凰的人生经历耐人寻味。

方文山成名前可谓坎坷。他出生在台北一个普通小乡镇的蓝领家庭，因为家境不好，从小他便开始勤工俭学。在学生时代，每逢寒暑假，他都要外出打工，送报纸，当餐厅服务员，做业务员，当高尔夫球童……只要可以挣钱，方文山从不拈轻怕重、挑肥拣瘦。其中的酸甜苦辣，小小年纪的方文山一一尝尽。回忆这段漫长的困顿、苦累，方文山说：“当时也会觉得苦，但现在回想起来却蛮感激。因为有过那些困顿、不如意和苦难，今天的自己才会懂得惜福。”

方文山也不像周杰伦那样属于天才式的人物，他从小到二十多岁都没有露过什么锋芒，既不早慧，也没有明确的目标。因为学习成绩不好，没有人关注过他，在孤独和寂寞中他只能靠乱写乱画来排遣心中的块垒。退伍之后，他才慢慢开窍，认识到电影和写作才是他的“宿命”。从此，他像换了个人儿似的，大量写字，勤奋锤炼和努力提高自己，达到了如痴如醉的地步。

开始方文山对电影神往不已，想进电影圈发展自己。但是电影行业渐渐远离了“黄金时代”，许多电影人纷纷转行谋生。方文山也感受到其中的惨淡，只好退而求其次，从事歌词创作，他甚至仍在梦想着终有一天会凭借歌词创作杀回电影圈。因为这时候他根本没有什么名气，所创作出的歌词还很稚嫩，个人的温饱需要另谋出路。他选择了去安装防盗系统，类似水电工，头顶安全帽，拎着电钻在尘堆瓦砾中劳苦奔波。但梦想已经在燃烧，方文山决心要找到一条自己能够拯救自己的道路，他对歌词的热爱也欲罢不能，创作给了他强大的快乐和自信。工作时，他开始带上一个笔记本和一支笔，有时候装监视系统要先挖洞，一旦想到歌词就赶快写一下，在工作的罅隙里创作歌词，这种方式和习惯可以称作“忙里偷忙”了。就这样，方文山半年竟然积累了二百多首歌词，然后他开始寻找自己的伯乐。他精心挑选出一百多首歌词装订成册，拿在手里沉甸甸的，好让自己感动，好让自己振奋。但此时的方文山既没有人脉，也没有经验，完完全全一个无名小卒。不过这样恰恰让他无所顾忌，初生牛犊不怕虎，他投寄了一百份给各大唱片公司，天南海北的都有，有名气的、没名气的都有，仿佛撒下了寻找伯乐的天罗地网，其中的底气、勇气和豪气已经崭露出一个未来金牌作词人的非凡潜质。

“我当时估计只有10%会被制作人看到吧，结果被联络的概率只有1%。”方文山回忆当时的情形说。看来，他也有些忐忑，不过也相当清醒。其实，从后来的结果看，这1%已经弥足珍贵，它就是方文山的100%！1997年7月7日凌晨，方文山正准备去做安装防盗系统的工作，突然有人打电话给他，对方说是吴宗宪。他感到很吃惊、很意外，不敢相信自己的耳朵，因为吴宗宪的名字他早已如雷贯耳，对宪哥膜拜已久。“不过即便接不到宪哥的电话，我也不会死心，不会轻易放弃。我会想方设法进入这个圈子，比如去唱片公司或电影公司当行政助理。”方文山后来说。看来，即使1%的希望成零、成空，也不会让方文山绝望，他会重新赢来宝贵的1%。这样的梦想者既坚强又柔韧，既勇敢又睿智，1%才能成为未来的100%。

同时跟吴宗宪签约的还有周杰伦，这个1%带来的机缘为方文山未来的100%埋下了精彩可贵的伏笔。但是幸运并没有将方文山运送到事业和人生的快车道，他反而好像被搁浅了，一如既往地没有大红大紫，而且在公司里尝到了激烈竞争的滋味。因为签约不等于有收入，大家要相互“拼歌”，谁拼过所有对手成第一，谁才能够被公司采用，最终才有收入。进公司一年后，方文山才被公司首次采用，期间他没有任何创作上的收入。许多签约者不堪忍受这种残酷的竞争，纷纷另谋生路，只有方文山和周杰伦熬了下来，终于在艰苦的寻找和打磨中，从彼此互不相关到尝试合作，最终成为黄金搭档，拥有令人惊艳的成功。对于二人的关系，方文山说：“我们是相辅相成的。曲是架构，词是衣服。可我觉得，杰伦的曲天生已经很匀称了，旋律本身已经很动人，即便没有我的词，它一样存在，不会折损到什么程度。我只是帮他的旋律加画面，提供故事，让它更有血有肉。”这番话，你看不出两人的功利相争、荣誉相轻，有的还是1%时的清醒和理智，更有成功之后的宽大胸怀和珍惜情义的谦逊品格，懂得独立，也知道合作，这应是梦想者以1%希望成就100%未来的智慧所在吧。

在1%和100%之间，方文山说："如果说'励志'是一件商品的话，还有什么人比我更有资格、更适合代言呢？"他是在提醒梦想者：先甘心当一只麻雀，潜心演好自己的"偶像剧"，然后再去企及凤凰的荣耀。正所谓："天将降大任于斯人也，必先苦其心志，劳其筋骨……"

社会的公仆

人类也需要梦想家——他们受事业的强烈的吸引，既没有闲暇也没有热情去谋求物质上的利益。

◎张金明

1903年，一克镭价值七十五万法郎！

一时，许多实业家都盯准了镭的开发、制造，因为它的特殊医用功效可以创造巨大的经济利益。美国布发罗的一位想创立制镭业的工程师把信寄到了她的家里，工程师希望她能提供关于提纯镭的各种资料和实验数据。

作为提炼镭之技术的创始人，在清贫中奋斗的她和丈夫不是不清楚这些，但是，她和丈夫明白：镭可以用来治疗癌。放弃其专利权，也就能让更多的人享受到镭所带来的福音！

于是，她在回信里说出了答案。

对这样的做法，她在私下说："我坚信我们是对的。"

看得出，她是一位漠视金钱的"奇特"而朴素的女性。

好多年后，许多巴黎的贵妇人仍记得她的那套黑色晚礼服：黑色的薄纱与黑色丝绒搭配在一起，外面镶着些普通的折边，简约而朴素，可是她那高雅的气质却使人衣一体，相得益彰！

也就是这位高雅而朴素的女性在丈夫意外离世后仍工作在实验室，工作在科学研究的前沿。

也就是这位高雅而朴素的女性在1914年开始的第一次世界大战中毅然走出实验室服务于她的处于危难中的“第二祖国”——法国。

因为预见到战场上会有大量受伤的士兵，她立刻意识到前线和地方的医院设备简陋，无法有效地为伤员进行救治。

“伤员们需要做X光检查的设备，它可以帮助医生找到子弹或弹片的位置！”

“前线的子弟需要它！”

法国陆军有关部门却不愿意出钱为后方医院购买昂贵的X光机。

她只好奋力奔走于名流权贵之间，以实现自己的想法。

那些尚有爱国心的名流权贵在她的语言和眼神里读懂了这样的心情：“是的，法兰西的子弟需要它！”

于是，物资、钱币、爱心汇聚出了一支特殊的医疗救援队。

救援队的每一辆汽车都装上了全新的设备，都配备有一台专用发电机、一台简易X光机及其他X光照相器材。车上的X光操作师是她亲自培训而速成的，医生和助手也多是她亲自挑选的。

他们被分派到了急需X光设备的各战地医院。

她自己也亲自长年奔波于欧兰、布伦、福赫纳等战地，像一个刚强的战士一样，工作于战地医院，累得头发凌乱、面容憔悴。

在战争形势糟糕之时，她取出了一直存放在斯德哥尔摩的诺贝尔化学奖奖金，毫不犹豫地买了法国政府发行的公债。

五十岁左右的她在战争中为她的“第二祖国”尽了最大的努力，到1918年战争结束时，她用的“小居里”X光汽车已经身中枪弹、到处擦伤，这辆车共救治了944名伤员！

战后，她又投身实验室，为法国，为波兰，更为无国界的科学。

她渐渐老了，也“愈会欣赏生活中的种种琐事，如栽花、植树、建筑”。

逐步地，逐步地，她老了。

1934年7月4日凌晨，她停止了心跳。

终其一生，她都是“素面朝天”的，高雅而朴素，伟大却也普通。

为什么能这样呢？

记得她说过：“人类也需要梦想家——他们受事业的强烈的吸引，既没有闲暇也没有热情去谋求物质上的利益。”

只是，她为什么又能走出实验室到战争中救死扶伤呢？

这问题似乎只能用爱因斯坦的话来回答了：“她在任何时候都意识到自己是社会的公仆！”她就是玛丽·斯可罗多夫斯卡·居里女士，人称“居里夫人”。

年轻的品质

年轻应该是一种品质，它与年龄无关，一旦拥有，便可相伴终生。

◎姜钦峰

央视焦点访谈，镜头对准了一位普通的北京市民——李淑芬。

她现在的身份是奥运志愿者。当北京申奥成功时，她正在家赋闲，兴奋之余，忽然觉得应该为奥运做点儿什么。听说老外们挺喜欢中国的剪纸，她想，剪点儿纸送给他们或许不错，剪纸是她唯一的业余爱好。主意拿定，说干就干。很快，她就精心剪出了二十幅作品，并装订成册，第一份奥运礼品就这么新鲜出炉了。

她打算给每个参赛的国家或地区赠送一份礼品，听说北京奥运会将有196个体育代表团参赛，这就意味着，至少要剪出196套剪纸作品。20张剪纸为一套，她每个月能剪出5套，一年下来就是60套，要完成全部任务，至少需要三年多时间。这的确是个浩大的工程，好在当时离北京奥运会还有好几年，时间应该来得及。考虑到自己不懂英语，如果将来当面给外国人赠送礼品，很不方便，她又决定同时学习英语。

为了完成任务，她制订了详细的作息计划。每天早晨5点30分起床，6点收听英语，8点开始正式工作，一把小剪刀、几叠红宣纸、尺子和小酒杯，就是全套工具。还不能老剪，万一把身体弄垮了，那就前功尽弃，每隔半个小时，她就要休息一会儿，然后坐下再剪。11点45分吃午饭，同时收看电视，下午1点午睡，两个小时后继续工作。一有空隙，她还要练习英语口语。

她每天按计划工作，除了逢年过节，或者客人来访，雷打不动。四年如一日，到2006年时，她就提前完成了任务，共剪出了240套礼品，英语水平也大有长进。2006年底，北京市委书记、奥组委主席刘淇听到她的消息，深受感动，亲自登门拜访，当即表示，要把她的剪纸作为国家一级礼品！

她身穿大红色的小马甲，坐在演播室里，与主持人谈笑风生。如果不是她的满头银丝再三提醒，我根本不敢相信，眼前这个热情洋溢的奥运志愿者，竟已是九十六岁高龄！坦白地说，看了这期节目，我心里的感受，除了敬佩，就是不可思议。怎么看，李奶奶哪儿都不像百岁老人，倒更像个活力四射的年轻人。可有的人恰恰相反，虽然年纪轻轻，看上去却老态龙钟。

我有个亲戚，大学刚毕业时，也曾满腔热血，怀揣梦想出去闯世界。也许是外面的世界太无奈，几年下来，他留下满地创伤，黯然而归，从此萎靡不振。如今，他“安心”坐在家里，拉了宽带，整天泡在网上，饭来张口，心安理得地做起了“啃老族”。不到三十岁的人，可我每次见到他，总觉得他像个小老头。

或许，年轻应该是一种品质，它与年龄无关，一旦拥有，便可相伴终生。毫无疑问，九十六岁的李奶奶是年轻的。可惜的是，有的人还很年轻，却过早地失去了这种品质。

悠然自得一农夫

惟妙惟肖的画面，风趣幽默的题款，活脱脱道出了他和老伴晚年的幸福生活。

◎张达明

联合国前秘书长安南说，他希望退位后，能够去一家农场当农民，这或许只是他随便说说而已。而在我们身边，就有这样一位老人，在退位后，真的解甲归田，当了一名普通的农夫。他就是曾做过湖南省、江西省省委书记和全国政协副主席的老人毛致用。一个从庙堂之高到江湖之远的人，却悠然自得，心如止水，令人敬佩不已。

2003年的3月中旬，刚卸任全国政协副主席后，他把手头的事情交接完毕，就和老伴去了农村老家。有人不理解他的行为，说："中国现在还没一个高官像你这样的，放着清福不享，却要去当什么农民。"他对那些人说："我原本就是一个农民，现在仍做我的农民去，做农民有什么不好？这叫返璞归真。"

退位前，他自己花钱在老家的原宅基地上盖了三间瓦房，他说，房子虽然简陋，但住得踏实，虽然条件不如城里方便，但内心安宁，更何况老家空气好，水也好，蔬菜好，还能落叶归根。

他每天下地干农活。起初，村里的年轻人看他干农活有些吃力，都争着要帮忙，但他谢绝了，他对那些小伙子说：“我回家就是务农来的，要自己动手才是，我还要做个新农村的示范户呢！”如今，他一手操持的菜园、鱼塘、猪栏、鸡舍，都像模像样，一点儿也不比村里其他农民家的差。

他不光把自家的地种好、管好，还对村里的事情十分上心，尤其对村里的教育事业格外关心。他建议村里每年拿出一部分钱，给小学老师做生活补助，对考上大学的农民子弟，奖两千块钱，考上名牌大学的，重奖一万到两万。村里的干部一合计，觉得他说得在理，事情就那么定了下来。

关心下一代的事情有了着落，如何照顾好老人的事情却有些棘手。

他就凭自己的老“面子”找镇干部唠叨，镇里对他的建议很重视，很快帮村里办起了敬老院，解决了困难户和孤寡老人的生活问题。不但如此，他每年还拿出两万元钱，资助村里的老人，他说：“我有国家养着，退休了还有工资，可这些老人拿什么养老呢？我权当他们的财政部长，我来为他们发退休金，用我的退休金来为他们养老吧。”

为让老家的乡亲们尽快过上小康日子，他不但献计献策，还亲力亲为。他不仅亲自参与村里的国土整理项目的规划设计，还到现场监督施工。镇里引进两个企业项目，被征用山地的村民们有想法，跑到他那里反映情况，他了解实情后，耐心做大家的工作，最终使两个厂子办了起来，不仅解决了三百多名劳动力的就业问题，还使村里有了不菲的收入。

除了劳动，他的一些生活习惯也很特别。他不吸烟，不喝酒，睡觉要睡硬板床，坐凳要坐硬板凳。许多人羡慕他的身体好，常向他讨教长寿秘诀，他呵呵一笑说：“我哪里有什么长寿秘诀呀，关键是要心态好，这比吃长生不老药要管用得多。”

他说：“地球离了谁都转，做人做事不能小心眼，那样只能于事无补，也有损身体健康，新陈代谢是自然规律，在进退去留这个问题上，尤其不能小心眼。”

他小时候家里很穷，他就自己打草鞋穿，参加工作后，没法穿草鞋了，就改穿布鞋，皮鞋也只是在出席重要活动时才穿一下。一双皮鞋，他竟然穿了二十年，现在还舍不得扔。现在当了农民穿皮鞋更不方便了，因为他每天都要下地干三个小时的农活儿。村里有人说他：“你当那么大的官，还穿布鞋，也不嫌寒碜？”

“穿个皮鞋像个啥样子嘛，农民哪有下地干活穿皮鞋去的呢？”他淡然一笑说。

村里人见他每天劳动很辛苦，又见他把种的菜、养的鸡和鱼送给大家，都劝他少干点儿活儿，他笑呵呵地对大家说：“还是多干点儿活儿好哇，不然，这人老了，坐在家里无所事事，越想越糊涂，越想越难受，身体不但好不了，生了病，国家要花钱，家人也跟着遭罪，很不划算的！”

五十年的陈酿，是美酒；五十年的金婚，是美满。他与老伴结婚已经六十多个春秋，在他退休后要回老家做农民的事情上，老伴没有阻拦和怨言，并且在他干活儿时，还在一旁打打下手，下工回到家里，做他爱吃的饭菜。老两口的生活，已和地地道道的农民没什么两样。

在他回老家后，一位老朋友送了他一幅画，上面画着一位老人，躺在一张竹椅子上，悠闲得意地摇着扇子，不远处，一个老婆婆正端着盆子，往地上撒谷子喂鸡。画的右上方题着字：“小屋三间，坐也由我，睡也由我；老婆一个，左看是她，右看是她。唯致用仁弟如今有此境界矣。”

惟妙惟肖的画面，风趣幽默的题款，活脱脱道出了他和老伴晚年的幸福生活。他把这幅画端端正正地挂在堂屋的墙壁上，每当看到它时，就禁不住满足地咧嘴乐了起来。

他在角色转换、环境改变后，能生活得如此悠然自得，这让多少人打心眼里羡慕不已。

他常常掏钱救济他人，可他和老伴的生活却十分节俭。衣服破了，补了再穿；饭菜剩了，留着再吃。他对儿女的要求也始终很严格，就连现在已是湖南省商务厅厅长的长子，也不敢破了他的规矩。

现在，他已回到老家十几年了，他就像老家门前那棵百年古枫树一样，静静地矗立在那里，泰然自若地迎接着大自然恩赐的风雨和阳光。

访诺贝尔故居

推门进去之前，我迟疑了一下，想象中的大科学家住的地方，里面一定是很神秘的，光怪陆离的。

◎尧山壁

蜻蜓点水似的过境瑞典，仅仅一天时间。但是宁可舍弃首都斯德哥尔摩，也要去拜访诺贝尔故居。对我来说，这位科学家的名声可以抵得上一个国家。所幸这里地近北极，夏季白昼长达二十个小时，午夜不过像赤道上的黄昏，朦朦胧胧，无须电灯照明。我的一天变成了两天。

7月是瑞典的黄金季节，大地摆脱了漫长的黑暗，阳光特别灿烂，斯德哥尔摩人纷纷涌向街头，不少人还半裸身体，徜徉于公园里，醉卧在草坪上，尽情地享受珍贵的阳光。长期高福利、高税收的政策导致低效率，人们懒洋洋的。

阿尔费雷德·诺贝尔1833年10月21日生于斯德哥尔摩市，自幼漂泊海外，晚年才回国定居。他选择了卡尔斯摩加市的白桦山庄。卡尔斯摩加是一座海滨小城，半城海水半城树。白桦山庄并不是山，密密的白桦林环抱一块椭圆形大草坪。绿绿的草坪上有一座白墙红顶的二层小楼，房后一池碧水，楼前一方花坛，红玫瑰簇拥着一根大理石方柱，柱顶是诺贝尔半身铜像。面对铜像，我有很多话要说，也是我专程赶来的原因之一。高中毕业时，我本来有机会读北京工学院，在得知那个专业是制造炸药以后，我坚决拒绝了。因为战争夺去父亲的生命，使我落生十四天便成为孤儿，我像仇恨日本鬼子一样仇恨诺贝尔这位现代“炸药大王”，因为他的发明，两次世界大战数千万人死于战火硝烟，大批孩子沦为像我一样的孤儿。后来我渐渐懂得，发明和使用是两回事。何况炸药更多地是用于和平事业，开山修路，推动社会生产力的发展。再看眼前的诺贝尔，慈眉善目，一脸老诚的样子，很是让人敬爱呢。

推门进去之前，我迟疑了一下，想象中的大科学家住的地方，里面一定是很神秘的，光怪陆离的。进来之后，眼前的橡木楼梯、两边的起居室、会客室原来如此普通，烛台、壁炉、桌椅与一般人家没什么两样。只有二楼的书房与众不同，书柜特别高大，书籍特别厚重，书脊银光灿灿。宽大的书案上，摊开的记事本半尺多厚，画满了图形表格，处处感觉高深莫测，让我这近乎“科盲”的人目瞪口呆，自惭形秽。

与沉重的书房相比，寝室则简单到家了。一张单人床，一把椅子，被褥不整，睡衣乱放。这个造福人类的大科学家，个人生活极为不幸。科学上无数次实验，无数次成功，但是在爱情上，三次恋爱，三次失败。第一个对象未婚先逝；第二个没有成为妻子却成为以他命名的和平奖的得主；第三个是卖花女，尽管花了大量金钱，送了一套别墅，还是得不到她的爱情，名花有主了。诺贝尔到死还是一个单身汉，他把自己全部天才和热情都献给了科学事业。二楼走廊的一个展橱里，陈列着他1895年写的著名遗书，声明将全部遗产920万美元中的绝大部分作为基金，奖励世界上最杰出的人，而不留给家人，不奖励懒惰。当年这份遗书曾引起一场轩然大波，亲戚、国民、包括瑞典科学院院长都出来反对，直到最后国王拍板才平息了争论，维护诺贝尔本人遗愿，将遗产中的900万美元每年利息的20万美元作为奖金，分设物理、化学、生理学或医学、经济、文学及和平奖，自1901年起，每年12月10日（诺贝尔逝世纪念日）颁发，评选分别由瑞典科学院、医学院、文学院和挪威议会评定。文学奖章上是一位坐着写作的文人和一位站着弹琴的淑女。诺贝尔一生酷爱文学，还写过诗歌、小说和剧本。

沿草坪中一条小路北行三百米，有一排简易平房，共三大间。一间是诺贝尔的实验室，柜子、桌子、案上、地下，摆满大大小小、形形色色的瓶瓶罐罐，琳琅满目，好像一家玻璃商店。地上一尊塑像，诺贝尔正全神贯注地启动一个引爆装置，这是他勤恳一生的写照。诺贝尔的父亲是一名化学家，也很早地就把两个儿子引进实验室。弟弟在一次爆炸实验中不幸身亡，诺贝尔没有退缩，一生俯身在实验的硝烟和爆炸声里。另一间展室里，陈列着诺贝尔一生的重大发明，硝化甘油引爆剂、雷管、硝化甘油固体炸药、胶状炸药等。

走出白桦山庄，我频频回望那美丽的别墅。草坪上那尊塑像，成为我脑海中永不消失的身影。我和“爆炸大王”之间也永久地和解了。

琴瑟相谐

同声若鼓瑟，合韵似鸣琴。

◎张佐香

2006年，铁凝登上了一直被文学巨匠占据的“神坛”——中国作家协会主席的位置，成为焦点人物。

2007年四月，铁凝与燕京华侨大学校长华生幸福牵手，走进了神圣的婚姻殿堂。铁凝说：“一个人在等，一个人也没有找，这就是我跟华生这些年的状态。我说对爱情要有耐心，当然期望值不必过高，但不要让希望消失，我想是这样。永远不要放弃自己的期待。”多年的等待是寂寞的、孤独的，但是等待也是富有诗意的、美好的。正如“众里寻他千百度，蓦然回首，那人却在，灯火阑珊处”。铁凝与华生幸运地等来了相亲相偕、相依为命的另一半。等待之后的幸福，定然比轻而易举获得的一切更值得珍惜。尘世中的红男绿女，无时无刻不在上演着聚散离合的剧情。有些感情过程轰轰烈烈，却无疾而终；有些感情认真热烈地开场，却又马虎潦草地收尾；还有一些因为误解而结合，却又由于窥得其中的玄妙与端倪而鞠躬谢幕。一个“情”字演绎了太多的遗憾，令人唏嘘不已。红尘中那些执着地追寻真爱，并且有幸结成眷属，在漫长的人生之旅中且行且珍惜的伴侣永远值得众生称羡。而铁凝与华生正是这种幸福伴侣的经典版。

铁凝与华生相伴去苏州的山塘街听评弹。听《太湖美》，听《杜十娘》，最能打动他们俩的是根据陆游的词改编的古曲《钗头凤》。此曲中蕴含的凄婉与真挚的深情，令二人愀然动容。同声若鼓瑟，合韵似鸣琴。那一刻，山塘街的一切都只是虚化的背景，只有他们两个是真的。此人此曲，让我想起琴瑟相谐。

在那个微雨的日子，铁凝与华生在旅行时经过金山寺，就是那个法海的金山寺。金山寺有一个匾上刻着四个字："心喜欢生。"浸润在爱的蜜汁中的铁凝，细细地含咀着这四个字。她说："心喜欢生，其实应读为'生欢喜心'，但误读起来也很有意味，听着好像很拗口，什么叫'心喜欢生'？'心喜欢生'——你的心喜悦了，欢乐就生出来了，而生命本身就是欢乐之所在。我觉出内心真实的喜悦对生命的重要。"沐浴在爱河中的铁凝和华生，眼所见，耳所听，心所触，无所不美丽，无所不快乐。真爱如诗歌，如美酒，如花香一般，让人除了快乐之外不知其所以。

美满的婚姻对每一个人都至关重要。幸福的家庭是事业成功的保障。铁凝说，文学虽然不再具备指点江山的作用，但还是可以对人们的精神生活起到很大作用，作家还是应该为捍卫人类精神的高贵、心灵的美丽而写作。拥有了琴瑟相谐的婚姻，铁凝必将写出更加成熟，更加有益于世道人心的作品。

站在巨人肩上的矮个儿

站到巨人肩上的那种精神和方法，却是每一个想做些创造的人必须铭刻于心的。

◎潘国本

他，脸庞清癯，身高不足1.6米，连头发也十分稀少，在人高马大的西方人中，太容易被忽视了。1912年他出身于一个贫寒的犹太家庭，父亲很早就过世了，家庭也没有给他后助，整个儿先天不足。

青年时代，正值美国空前的经济低谷，他目睹1929年至1933年的大萧条，目睹罗斯福总统的就职演说和他宣布的全美银行休假的第一法案，也切身体验总统借助凯恩斯的国家干预思想克服市场混乱、减少工人失业、摆脱几近崩溃的经济。那时候，凯恩斯是拯救美国的英雄，是凯恩斯主义使美国复苏的，是凯恩斯主义将世界带进政府干预和集中垄断的辉煌阶段。

这个矮个儿选择的也是经济学，在这个巨大身影下研究经济。他当然敬重凯恩斯，但也相信凯恩斯主义绝不会是美国经济的永远旗帜，应该说没有谁像他那样深刻理解凯恩斯主义了，也正因为深刻，他发现了许多成功掩盖下的不足。

这是一个怪异的人，他立论古怪，但驳论从来坚挺，他视点新颖，但出言从来乖戾。以至于有一名哈佛学生特意跑到芝加哥找他，竟然是为了看看这位“中西部的巫师”究竟是个什么样子。请瞧：

——操办福利国家在世界大行其道，并在北欧取得了卓越成就的时候，他坚持穷人有能力利用市场机制脱贫，他的名言竟是“当你付钱让人们当穷人时，你最终就会产生出许多穷人”。甚至主张用私立学校代替公立学校，给穷人发“教育券”，用“负所得税”代替贫困补贴。

——罗斯福用国家干预成功摆脱经济危机后，到肯尼迪、约翰逊年代更是大力倡导“大社会”兴办福利国家，可他的研究结论却是“福利补贴是对穷人的掠夺”，政府越小，市场越大，社会就越有效率，政府的职能是“从事一些市场本身所不能从事的事情”。

——20世纪五六十年代全球的外贸都在采用固定汇率的时候，他主张货币自由，置身于芝加哥大学孤军奋战，直至国家干预引起70年代的“滞胀”，相信这“巫师”念的不是咒语而是真经，从而放弃固定汇率。

——别的经济学家将自己埋在艰深的概念理论里苦心孤诣，而他却在跟随大众话题做着《新闻周刊》的专题，且从1966年一直写到1984年，一写就是十八年，甚至为电视台去做《自由选择》十集电视短片，哪位大家肯这样放下身价不厌其烦？他愿意。

……

就这样，他一直站在主流和多数的对面，他出的书，不见反响，他的演讲遭受敌意，他的诺贝尔奖的评议也只有微弱优势，以至于他去斯德哥尔摩接受那个奖也只能从厨房走上讲坛。

这人一直细声细语，几十年从从容容，几十年特立独行，就是一条，决不随波逐流。他叫米尔顿·弗里德曼，一位影响全球经济发展近二十年的经济学家，是他站到了凯恩斯的肩上。

看来，精湛的东西都不会在多数人手里，精湛的东西也都少不了非议，没有非议，绝不会精湛。凯恩斯的国家干预主义是这样，他的新自由主义也是这样。这样，聪慧和时代都看中了这个矮个儿，让他在荆棘中脱颖。

我们当然无须去记住他的那些说法，任何说法都不会是最好，都会有差错，但站到巨人肩上的那种精神和方法，却是每一个想做些创造的人必须铭刻于心的。

伟大的小丑

我这一生是值得的，因为我被人们认为是
伟大的小丑。

◎赵功强

纳吉·山多尔是一个苦命的孩子。他的铁匠父亲因为嗜酒好赌，欠了赌债与人产生纠纷被人打死。母亲也在不久后改嫁。纳吉跟年迈的祖母相依为命。

这样的生活注定是阴暗死寂的，纳吉的脸上很少有笑容，整个人看上去像一棵打蔫的弱苗。由于自卑和沉闷，他也没有什么朋友。在家里，他只能面对祖母的唠叨和充斥在每一寸空气中的无聊，在学校的时候，也是形单影只，苍白委顿。可恨的是，大家都管他叫“小丑”。

回到家，他对祖母讲了自己在学校的屈辱。祖母嚷嚷道：“那你更应该发奋，将来做一个公爵，给这些小兔崽子还有那个坏女人瞧瞧！”她一直对儿媳的改嫁耿耿于怀。

暑假是纳吉最为难熬的时间。别的孩子相约着下河游泳，在河边草地捡野鸭蛋，或者把苇秆折断做成风笛吹，他只能一个人呆呆地看着蓝天，羡慕着别人的欢乐。

一天，寂静的小镇沸腾起来。一个来自布达佩斯的马戏团将在这里进行为期一周的演出。

马戏团首先在镇上宣传游行。小镇上几乎所有的人都拥到灰尘弥漫的街道上观看。纳吉夹杂在人群中，看到马戏团那些气宇轩昂的男演员走过去，花枝招展的女演员走过去，还有那些狮子、猴子、小狗。后来，在游行队伍的最后，他看见了一个小丑。他穿着肥大的花格子衣服，戴着一顶又高又尖、坠着一朵绒球的帽子，脸上涂满花花绿绿的油彩。在纳吉目不转睛看小丑时，他发现小丑也对着自己做了一个鬼脸，还伴随着一套滑稽的动作。纳吉一下子被他逗笑了。

小丑走过去了，纳吉还沉浸在快乐中。是呀，这久违的开心，他很久都没有体验过了。

夜幕降临的时候，马戏开始了。在临时搭建的大棚子里，精彩的节目一出一出地上演着。纳吉没有钱买门票，他爬上最近的一棵大树，骑在树杈上。他对别的节目没有多少兴趣，他的目光一直聚焦在小丑身上。

舞台上的小丑多么快乐、自在。他想啥时出场就啥时出场，他按照自己的喜好做鬼脸、假装跌倒，他在舞台上想跑就跑，想跳就跳。纳吉看得心花怒放，情不自禁地叫好。他的声音一定很大，身处喧闹之中的小丑发现了他。他不时向纳吉打手势，做出夸张的动作。纳吉沉浸在前所未有的喜悦中。

后来，看到激动处，纳吉不禁拍起手来，一不小心从树上摔下来。醒来的时候，他发现自己正躺在小丑的怀里。

这一夜，纳吉睡得特别香甜。他终于也有了属于自己的快乐。

第二天晚上，纳吉又来到马戏团。当他爬上大树的时候，他看到小丑在向自己招手。他赶紧下来。小丑走出来，让纳吉跟自己一起进去。

进了大棚，纳吉可以更近距离地看到小丑的表演。一直到演出结束，他都处于极度兴奋中。观众离开了，小纳吉还不愿离开。小丑问他："孩子，你今天快乐吗？"纳吉使劲点点头。

小丑送纳吉出去的时候，纳吉问他：“小丑叔叔，你为什么要当一个小丑？”

小丑摸摸纳吉的头，回答他：“当小丑很好哇，可以给人们带来快乐，还能让自己快乐！”

“还能让自己快乐？”

小丑说：“这样吧，你明天来了我会告诉你。”

次日晚上，一进棚子，小丑就把纳吉带到后台。他让纳吉坐着，然后拿起画笔，在纳吉脸上描画起来。镜子中，纳吉看到自己的脸慢慢变成了小丑的模样。画好后，小丑

又找出一套他穿戴的那种衣帽给纳吉换上。最后，他让纳吉代替自己上台表演。

当纳吉以小丑的身份出现在前台的时候，他真切体味到了一种难以言说的快乐。他看到观众看自己时眼里闪烁的亮光，他尽情感受奔跑、跳跃、打滚、高声叫唤带来的无拘无束的快意。这种快乐是单单作为观众观看小丑表演难以比拟的，非自己身为小丑不能体验其美妙。他更获得了一个认识：一个马戏团，别的什么角色都可以缺少，唯独不能没有小丑。他就是马戏表演的灵魂。一场没有小丑的马戏表演还叫演出吗？小丑是一个伟大的角色！

剩下的三天表演，都是纳吉来代替的。

马戏团要走了。纳吉告诉小丑，他以后也想当一名小丑。小丑说："当小丑的人自己首先应该是一个快乐的人。你以后要变得快乐才好！"纳吉重重点了点头。

小纳吉从此脱胎换骨似的，变得开朗乐观。因为他有了一个梦想。当他改变了对小丑的看法，希望别人再叫他小丑的时候，大家反而都不叫了。

两年后，祖母去世了。纳吉前往布达佩斯，辗转进了一个马戏团，在那里做了一个小丑。经过多年的磨砺，他成为欧洲享有盛名的小丑表演大师。当时沙皇和卢森堡大公都邀请他担任自己的宫廷马戏团的首席演员。他的身影曾经出现在一百多个国家的剧院。

晚年，纳吉写了一部自传，名字叫作《请叫我小丑》。在书中，他这么写道："早年，我最缺乏的就是快乐。是马戏团的那个小丑让我知道，做一个小丑最容易带给他人快乐，也会让自己快乐。事实上，我从十二岁开始就一直享受着快乐，算起来已经足有六十五年。如果按照祖母说的去做一个公爵，成为公爵的漫长过程肯定是痛苦多于快乐。即使真的做了公爵，又怎能保证让他人和自己都一定能享有快乐？我这一生是值得的，因为我被人们认为是伟大的小丑。”

纳吉是对的。他在世的年代，欧洲出现的公爵成百上千，可是，如今有几人还能被后人记起？而他，仅以一个小丑的身份，被西方马戏界顶礼膜拜，传颂至今。

纪伯伦鄙视自己

我就站在你的身边，像你一样地活着。把眼睛闭上，目视你的内心，然后转过脸，我的身体与你同在。

◎何诚斌

“曾有七次我鄙视了自己的灵魂：第一次是在她可以上升而谦让的时候；第二次是我看见她在瘸者面前跛行的时候；第三次是让她选择难易，而她选了易的时候；第四次是她做错了事，却安慰自己说别人也同样做错了事；第五次是她容忍了软弱，而把她的忍受称为坚强；第六次是当她轻蔑一个丑恶的容颜的时候，却不知道那是她自己的面具之一；第七次是当她唱一首颂歌的时候，自己相信这是一种美德。”

享誉世界文坛的大诗人、艺术家纪伯伦当年写下这段文字时，他做了一下深呼吸，灵魂再一次得到了自我清洁。那一天，纪伯伦踱步来到疯人院的花园里，他看到一条长凳上坐着一个英俊的青年，看上去不像疯子，纪伯伦不禁上前问道：“先生，你为什么坐在这儿？”对方用诧异的目光看着纪伯伦，说：“你问的问题很不恰当，不过我还是愿意回答。我父亲一心要把我塑造成他的样子，我叔叔也是如此，我母亲则希望我像她自己的爸爸那样，我姐姐举出她精于航海的丈夫作为我最好的榜样，我哥哥让我像他那样成为一名运动员，我的老师也是这样，还有哲学家、音乐教师等都决心要我和他们镜子里的脸一模一样。所以，我只得来到了这里，我觉得这里比较适合我生活，至少我能成为我自己。”

纪伯伦被这句话震动了，人们总是自以为是，以自己的标准去衡量一切，还有真实的灵魂的位置吗？人类不是塑造疯子，又是什么？正当纪伯伦陷入沉思时，青年人转过身来对他说：“你告诉我，先生，你是不是也是迫不得已跑到这里来的？”纪伯伦摇了摇头，说：“不，我进来看看。”“哦，原来你是疯人院隔壁的病人。”青年人说。这句话又让纪伯伦震住了，病人？是的，我的灵魂有病，病得不轻！

1897年，纪伯伦刚十四岁，他就爱上了一位妇人。在写作之前，纪伯伦的爱好是画画儿，他在他那个年龄段的孩子当中是画得最好的，人们称他“小画家”，为此，他很高兴。有不少人叫他画像，包括美丽的女诗人约瑟芬·布鲁斯顿也坐到了他的面前。他画着画着，情窦为之打开，手颤抖起来，眼神也渐渐呆滞了。约瑟芬·布鲁斯顿敏锐地感觉到了少年的心思，等画儿画好后，站起来径直走了，从此回避着纪伯伦。纪伯伦去找她，同时，他对伙伴们说约瑟芬丈夫的坏话。母亲发现儿子三天两头往约瑟芬家跑，还把她的画像挂在床头，她知道儿子早恋了，就劝他：“孩子，你还小，不知道什么叫爱情。”纪伯伦脸红了，他鼓起勇气说：“我喜欢约瑟芬小姐。”母亲严肃地说：“你没有资格爱她，她是有夫之妇，她爱着深爱她的丈夫，你不能破坏他们的幸福。”纪伯伦低下了头。他哭了起来，他觉得母亲说得对，约瑟芬不理他，问题出在他身上，他不该在没有得到她回应时就诋毁她的丈夫，骂他们是一对不相配的夫妻。

母亲因癌症死于美国，纪伯伦受到很大的精神刺激，他说：“人类唇上最美好的呼唤就是‘我的母亲’！”后来，他在《折断的翅膀》中写道：“谁失去了母亲，谁就失去了让他依偎的怀抱、向他祝福的手和顾眷他的眼睛。”母亲是他灵魂洗礼的第一人。他的成长中，母亲的慈怀与教导在他的心灵里深埋下“爱与美”的种子。他关注人性、思考人生，发现人类的冲突大多是强权对人性的践踏，扭曲了一张张灵魂，人们缺乏自我检讨的意识与勇气。父亲被嫉妒者告发，身陷囹圄，家产耗尽；纪伯伦与母亲兄妹一起被迫离开祖国，远涉重洋到美国波士顿谋生。从东方到西方，纪伯伦对人性的比照更具广度，对灵魂的拷问也更具深度。二十四岁那年，纪伯伦发表短篇小说集《叛逆的灵魂》，可他的人性再次受到了权力的强压，土耳其政府宣布这部书是“危险的、叛逆的、毒害青年的”，并在贝鲁特中心广场当众焚烧此书，而且给纪伯伦定下叛逆分子的罪名。

第二年，纪伯伦只身来到巴黎，住在一间潮湿的画室里，艰难度日。他不愿沉沦，来到了法国巴黎艺术学院，想在这里有所发展。他受到罗丹、奥金·卡莱尔在19世纪建立起来的象征主义画派的影响，开始进行这方面的探索。不久他结识了神秘派画家布伦诺，两人一见如故，十分谈得来，成了好朋友，他们投身于当时流行的商业性立体艺术。纪伯伦在完成一部作品后，与布伦诺交流起来，朋友提出了中肯的批评，纪伯伦却吼叫起来：“你说得毫无道理，你的素养，值得怀疑！”布伦诺张大了嘴巴，不知道说什么好，转过身来离开了纪伯伦。就这样，一时的自负高傲损害了友谊，纪伯伦痛悔不已，“我是烈火，我也是枯枝，一部分的我消耗了另一部分的我。”“一个伟大的人应有两颗心：一颗心在流血，另一颗心在宽容。”他去找布伦诺，递给他一根上好的雪茄，说：“布伦诺，你能原谅一个灵魂渺小的人吗？”布伦诺笑了笑：“你不是说过‘忌妒我的人在不知不觉之中颂扬了我’？权当我妒忌你好了。”“不，你没有妒忌我，你是真心在帮我。你不是也说过‘一场争论可以是两个心思之间的捷径’？”布伦诺回答：“那不是争论，是谩骂。”纪伯伦无语，他感到自己严重伤害了朋友的尊严，他鄙视自己，做深刻的灵魂的检讨，以祈求朋友的原谅。

纪伯伦的散文优美，哲思飞扬，然而真正打动我的是他“鄙视自己”、对灵魂进行自我解剖的自省精神，他希望人们摆脱“动物性”，抵御“不人性”，维护“人性”，呼唤“神性”，从而使生命能在宇宙的“大生命”中寻求扩大，臻于完美、至善。他说：“整个地球都是我的祖国，整个人类都是我的乡亲。”

诗人去世后灵柩运回祖国黎巴嫩，葬于北部的贝什里纪念馆旁的山洞里。洞口旁的雪松木板上，镌刻着诗人为自己写下的墓志铭：“我就站在你的身边，像你一样地活着。把眼睛闭上，目视你的内心，然后转过脸，我的身体与你同在。”诗人生时“鄙视自己”，死后他却一直受到世界人民的崇敬。

永远三十八岁

唯有这种美可以通过学习、培养、锻炼和
修饰获得，并且不会随岁月的流逝而褪色。

◎范丽荣

走进公众视野里的她永远那么身材苗条，面容娇美，举止优雅，虽然已年过花甲，可看上去还不到四十岁的样子。时常有人好奇地问起她的年龄，这时她总会满脸含笑地说："我永远三十八岁。"她就是被誉为"华人世界第一名模"的王榕生。

流水易逝，光阴无情，谁又能够将年龄留住，永远不老呢？但王榕生或许是个例外。三十八岁给了她刻骨铭心的记忆，她也永远把自己定格在了三十八岁。

那一年王榕生拿到了台湾人从没涉足过的台湾金马奖的最佳服装设计奖，可当她把奖杯捧回之时，深爱她的丈夫却含笑离开了人世。丈夫的离去给了她最沉重的打击，接下来让她更没有料到的是，她和丈夫辛苦创建的时装王国发生财务危机，学校、模特公司、服装厂接连倒闭。一连串的打击使她就好像从天上突然掉下来，摔得粉碎，连自己的心都碎掉了。跌落到谷底的她，坐在地上，仰望蓝天，仰望她曾经的辉煌，一脸茫然。

想当初，她是何等的顺利，何等的风光。出生在台北名门的她，天生一副“模特坯子”，后天良好的教育再加上她对这一行当的极高悟性，很快就成了台湾乃至美国引领时尚的弄潮儿。1969年大学毕业，她成为一名时尚节目主持人。1971年，在台湾已经名声大振的她赴美国结婚，在纽约这座时尚之都开始了她的模特生涯。很快，她就成为T台上的焦点。当年她就被称为纽约“最贵衣架子”。1972年，她成为“百万金元模特”得主，是第一位也是唯一获此殊荣的亚裔模特，这是当时美国模特界最高荣誉奖。1975年，ABC（美国广播公司）为庆祝美国建国二百周年进行的媒体报道中，只对四位华人（包括陈香梅、张大千等人）进行专访，她就是其中之一。1976年，功成名就的她和丈夫一起回到台湾创业，短短四年间夫妻二人就创立了以她名字命名的时装杂志、时装公司、模特培训学校和模特经纪公司，总计赚下了上亿元的资产。1980年，她被评为台湾“八大最杰出企业家”之一。那时她台北的家是名流出入的场所，甚至家人吃饭也会请一些歌星在一旁助兴，而女儿的房间则完全依照法国路易十四时期的公主房设计。她过着天后般的生活，她住哪里，吃什么，怎么出行从来不用操心，一切都是别人打点好的。丈夫对她更是宠爱有加，几乎他所有的希望都寄托在她身上，帮助她，保护她。

现在一下子什么都没有了，丈夫没了，公司没了，资产没了，也没有人再帮她，保护她，甚至以前非常要好的朋友对她也是唯恐避之不及，把她看成瘟疫一样。那些日子，王榕生把自己一个人关在屋子里，听任孤独、恐惧和痛苦的折磨，她已毫无还手之力。一天深夜，她又大哭过一次之后，无意间看到镜子里的自己，那么憔悴不堪，脸色苍白，没有一丝光彩，愁苦的皱纹也悄悄爬上了额头和眼角，昔日那个神采飞扬而又年轻美丽的她竟变成了一个黄脸婆。天性爱美的她惊呆了，冥冥之中父亲临终时的话回荡在耳边："你要成为众人追求的模仿的美的对象。"现在自己这个样子还怎么能让别人追求和模仿呢？再看看身边熟睡的女儿，她唯一的所有，也是她的一切，现在的她是女儿眼里美丽的母亲吗？那一瞬间，王榕生做出了一生中最重大的一个决定：以后不再过生日，她要让自己"年年都是三十八岁"，她要忘记伤痛，从头再来。

走出心灵荒芜的王榕生毅然停掉台湾的企业，带着五岁的女儿再次闯荡美国。站在异国他乡的土地上，从何处开始新的创业呢？她回想自己十几年的打拼，全部的心血都投入到T型台这个美丽的事业中了，那就从自己的强项入手，办模特培训班吧。说起来简单，办起来谈何容易呢？王榕生是个除了模特、时装之外什么都不会的人，原来过惯了别人打理生活的日子，她几乎一点儿独立生活的能力都没有，什么都不会。有一次她叫了车子拉她回家，车子在她家门口开了三十分钟，她都不晓得哪个是她家，情急之下，她只好打电话回去问孩子，孩子说我就在你对面。没有办法，一切只能靠自己了。她刷了一下手中的卡，只剩下一千多美金，这是当时她和孩子所有的积蓄。这么点儿钱能做什么？付了下一个月的房租就什么都没有了。但她决定不管怎样都要重新把培训班办起来。办班需要登广告，需要找场地。那时在报社登一个星期的广告就得四百多美元，找一个普通的场地要二百美元。她知道一定要登两个星期的广告，才能够招到学生，但她不敢把这一千多美元，一次刷掉八百，她先交了一个星期的广告费。这一个星期中她和女儿要吃饭，要坐车，来来往往一直在花钱，越算越少，她也越来越担心，但又有什么办法呢，她只好祈求上帝，一定要有学生给她，不然，连吃饭都有问题了。幸运的是，当她的广告登出去以后，第一天、第二天，便有很多电话打进来询问，等到第三天、第四天的时候，就开始有人来报名。收到了学费，也就给了王榕生喘息的机会，她又可以续登广告了。随着宣传的扩大，学生也越来越多，虽然这个学校的规模连台湾的十分之一都不及，可是毕竟是又一次事业的开端。

重新开始的创业是艰苦的，可经过了苦水浸泡的王榕生已浑然不觉，无论多难多苦，她都默念着父亲要她成为“众人追求的模仿的美的对象”的期望，努力让自己保持三十八岁的心态。她每天坚持化妆、保养面容，每天坚持控制饮食，身高170厘米的她，体重始终控制在60公斤左右。即使不能够在T型台上款款而行，她时尚的气质与装束依然吸引着无数羡慕的目光。就这样又经历了十年的打拼，王榕生渐渐恢复了自己的时装产业，她所开办的亚裔模特学校，成为好莱坞寻找东方面孔演员的首选之所，美国电视上的亚裔模特，至少四分之一是她的学校培养推荐的。

近年来，王榕生成功举办了世界华裔小姐总决赛、国际亚裔妙龄小姐总决赛、超级名模总决赛、全美中国太太选拔赛和环球亚裔超模超星总决赛等重要赛事，并出版《王榕生谈服装》《中国古今服饰》和《王榕生东方美》等著作。由于王榕生在华裔时尚界的

"泰斗"地位，从1986年开始，她就应中国政府邀请，来到大陆讲学，传授时装、模特之道，她训练了中国大陆第一支专业模特队，并使越来越多的"中国面孔"走上国际舞台。之后，她主要的工作就是为北京奥运会培养和储备高素质的礼仪及模特服务人才。

有人问王榕生她的模特学校成功的秘诀，她说："我训练的模特更讲究气质。唯有这种美可以通过学习、培养、锻炼和修饰获得，并且不会随岁月的流逝而褪色，因为这种美在人生的各个阶段有其各自韵味。"

遭遇过人生波折的王榕生不仅重新站了起来，而且获得了更大的成功，当记者问她那段辛酸经历时，王榕生显得很淡然，她说："每个人都难免会遇上危机，关键是用什么心态看。"是的，人无法留住年龄，却可以留住心态。永远三十八岁的年轻心态，让王榕生完成了人生的一次蜕变，使她像鹰一样获得重生，翱翔于更广阔的天空。

寻找让你变瘦的事业

一个人的成功，并不取决于他有多少金钱、多大权势，甚至不取决于他有多少知识和才能。

◎王者归来

在电影《一轮明月》的片场，饰演男主角弘一法师的演员濮存昕是整个剧组里工作最勤奋的一个人。每天天不亮，濮存昕就早早起床，一边洗漱一边背台词，正式开拍之前，往往只有一句话的台词，他也要不停地揣摩，尽最大的可能将人物的性格淋漓尽致地表现出来。而每天工作结束，大家各自休息的时候，濮存昕仍旧在灯光下反复翻阅着弘一法师的生平资料，尽力解读这位大师。

濮存昕演弘一法师演得越来越入迷，只要看到、听到和弘一法师有关的逸事，他立刻就像被磁铁吸引一样，非要把这逸事看完或听完才安心。不仅如此，他只要一有时间，就尽力模仿弘一法师的言行。时间一长，濮存昕在镜头前的表演越来越得心应手，常常让大家看得目瞪口呆。

弘一法师出家前，曾是翩翩佳公子，前后半生的反差极大。濮存昕演完热血青年时的弘一法师后，又开始一边静下心来读佛经和弘一法师的佛教著作，一边独自体会出家后弘一法师的心境。

随着拍摄的进行，濮存昕所演的弘一法师也渐渐步入老年。就在这时，剧组里的人异常吃惊地发现了一个现象——濮存昕意外地消瘦下去，而且变瘦的速度非常快！整个剧组的人一下子惊呆了！导演连忙找濮存昕谈话，问他最近是不是身体不舒服。

濮存昕诧异地望着导演，告诉他自己并没有感到哪里不舒服，不仅如此，自己还感到身轻体健，内心平和。听了濮存昕的回答之后，导演什么也没说，随手拿起一个小镜子放到濮存昕面前，让濮存昕自己看。濮存昕低头一看，也大吃一惊！濮存昕吃惊地发现，自己的脸庞非常明显地瘦了下去。他连忙站起身，看了看自己的身体，才发现自己整个人都瘦了一大圈儿。

在排除了生病的可能后，剧组又继续拍摄下去。这时，一个工作人员偶然看到了弘一法师出家前后的照片，连忙拿给导演看。导演看了看弘一法师出家前后的照片，又看了看镜头前的濮存昕，沉默了。后来，剧组里的人都看到了弘一法师出家前后的照片，大家都觉得事情有些不可思议，但还是不得不承认——濮存昕入戏太深，剧中人物出家后忧心国事，很快就消瘦下去，而演到这时的濮存昕也跟着瘦了下去！

原来，历史上的弘一法师出身豪门，是个爱国志士，后来虽然遁入空门，可一心挂念天下安危。尤其抗日战争爆发后，更是奋力奔走，竭尽所能地贡献自己的力量，因此积劳成疾，身体消瘦的速度更是加快。而把全部心血都投入角色身上的濮存昕，不仅模仿到了弘一法师的言行，更是着了迷一样看遍了法师所有的著作，从心灵上产生了共鸣。

在这段特殊的日子里，可以说濮存昕就是弘一法师，弘一法师就是濮存昕。

剧组里的人都被眼前的事实震撼了！大家在濮存昕的影响下，更是全力以赴地拍戏。不久，电影杀青，很快在各大影院上映。电影一经上映，立刻引来一片好评。人们对濮存昕演绎的弘一法师给予了极高的评价。后来，在一次采访中，主持人问导演为什么濮存昕饰演的角色那么成功，导演笑着告诉主持人："濮存昕演到后来，眼神里都透着像弘一法师一样悲天悯人的慈悲！当一个工作、一份事业可以让人如此着迷时，不成功才是不可思议的！"

导演的话音刚落，台下立刻响起了雷鸣般的掌声，很多人的眼中早已泪花闪烁。

一个人的成功，并不取决于他有多少金钱、多大权势，甚至不取决于他有多少知识和才能，而取决于他是否有一个可以让自己心甘情愿为之"变瘦"的事业。这种事业，像一颗种子一样被种在我们身边。无论世上如何沧桑变幻，风雨交加，我们都会全心全意地把自己的精力用在培养这颗种子上。不管受多少委屈，遭遇多少磨难，仍旧让人痴心不改。

直到有一天，这颗种子长成了参天大树，让我们去放心依靠。拥有这样事业的人，是人世间最有福气的人。

这一刻不绝望，下一刻就有希望

不要灰心，慢慢来，只要这一刻不绝望，
下一刻就有希望。

◎董可武

他是一名山区农村的孩子，家境贫寒。父母虽然没有多少文化，但他们知道知识的重要。为此节衣缩食把三个孩子都送进了学堂。他学习很用功，成绩也不俗。尤其是朗诵方面，从小学就表现出良好的禀赋，初中语文课上他常常领读，被师生们称为小播音员。其实他心底最大的愿望就是长大能成为一名播音员。初中毕业，他实在不忍再看到父母为供他们姐弟上学所付出常人难以承受的压力，放弃了上高中的机会。1987年冬，他瞒着家人报名参了军。他想通过部队这所大学校实现自己的梦想。

到部队，领导很快发现了他在播音主持方面的特长，多次给他创造一些登台展示的机会，他也大大小小获了不少奖。铁打的营盘流水的兵。1990年3月，他带着收获，更多的是遗憾，退伍回乡。后来在安徽省体育馆找到了一份当保安的工作。尽管每月只有几百元的工资，但他做着常人看来不务正业的事，将大部分钱都用来买播音、主持方面的书籍。因为他还想圆儿时的梦想。为了练好普通话，他身上时常带着一本《新华字典》，随时翻阅。正当他苦练内功，憧憬未来的时候，接下来的生活却是祸不单行，先是父亲病逝，不久又被单位解聘。那些日子，他心灰意懒，心情一时跌至冰点。为了生计，他和人合伙做起了服装生意。生意做得还算顺利，但他总没有成就感和归属感。他知道这不是自己的最爱。一年后他毅然把生意盘给了合伙人，鼓足勇气去报考北京广播学院专修班，1996年2月，只有初中文凭的他接到了录取通知书。

到了北京，在这培育了众多著名播音主持人的高等学府，他没有启程时的兴奋，甚至感到卑微，因为同学们个个都出类拔萃。接下来的竞争更为激烈，在实习单位，人才济济，他只能充当个跑龙套的角色。但他没有灰心和退却，而在等待机会。春节许多来实习的人都纷纷回家了，他没有回。正月里，台里要录一档迎新春节目，需要主持人补录外景。但台里很多人回家过年了，他临时顶替上岗。节目播出后，受到一致好评。有位制片人还主动找他主持一档重要节目。机会总是青睐有准备的人，后来他频频出现在台里播音排班表上，成为一名真正的播音员。再后来他又参加中央电视台“魅力新搭档”比赛，一路过关斩将进入前三名，如愿以偿地进入了中央电视台。他就是曾任《朝闻天下》主播的赵普。

在一次访谈节目中，主持人问他：“是什么让你克服那么多困难一步步走到今天，实现了儿时的梦想？”赵普说：“无论是我参军临行前还是我退伍后历经困难的时候，我母亲常对我说，不要灰心，慢慢来，只要这一刻不绝望，下一刻就有希望。”

心灵的较量

甘地之所以被誉为圣雄，主要并不在于他的心灵深处根本没有萌生过假恶丑的杂念，而在于他能用真善美不断地净化和战胜各种假恶丑的杂念。

◎蒋光宇

在印度国父圣雄甘地生活的那个年代，印度的童婚盛行。当时，绝大多数到英国留学的印度学生已经结婚了，却装成单身汉，羞于承认自己已婚。他们不愿吐露实情的一个重要原因是，一旦别人知道了事实，就无法与自己所寄宿家庭的年轻女孩儿尽情交往或嬉闹了。一些印度青年经受不起诱惑，为了保持和英国女孩儿的亲密交往，过着一种隐瞒婚事的不诚实生活。

当时还年轻的甘地，也难免不受影响。尽管他已经结婚，成了一个孩子的父亲，却仍然假冒为单身汉。不过，这种虚伪并没有让他感到一星半点的快乐。好在他的拘谨和沉默，使他免于泥足深陷。他太呆板了。如果他不主动开口说话，是没有什么女孩子愿意和他搭腔或者一起出游、嬉戏的。

甘地在英国留学期间，有一位热心、善良的英国老太太很欣赏他，邀请他每个星期天到自己家里吃饭。为帮助他克服自身的羞涩，还经常给他介绍一些年轻漂亮的女孩子，并创造条件让他们单独在一起娱乐、交流。

最初甘地感到很烦恼，既不会轻松地交谈，又不会风趣地开玩笑。但老太太总是耐心地引导他，教他慢慢地学会了一些相处之道。没过多久，他变了，竟然开始盼望星期天早日到来，开始渴望与年轻漂亮的姑娘聊天了。

甘地与女孩子越来越亲密的会面，老太太看在眼里，喜在心上，决心加快促成他们的婚姻。

但甘地的良知使他感到后悔，进退两难："真希望当初就告诉这位好心的夫人，我已经结过婚了。这样她就不会有让我和那位姑娘订婚的念头了。不管怎样，现在补救还不算太晚。只要我说出实情，就可以免去不少麻烦。"怀着这样的想法，他给关心自己的老太太写了封信，内容大致如下：

"自从我们在布莱顿相识以来，承蒙您的关爱和照顾，待我如同儿子一般。您大概觉得我该成家了，所以把我介绍给年轻漂亮的姑娘们。为了不让事态发展下去，我必须向您坦承，我不配接受您的关爱。在我刚开始拜访您时，就应当告诉您我已经结婚的事实。我知道，在英国的印度学生往往隐瞒已婚的实情，我也学了他们的样子。现在，我明白自己不该这么做。我还得补充说明，我不仅结了婚，而且还有一个儿子，已经是个父亲了。这件事瞒了您这么久，我很过意不去。您能原谅我吗？我向您保证，我绝没有冒犯您好心为我介绍的那位姑娘，我有自己的分寸。如果您不是误以为我未婚的话，定然不会撮合我们。为了不让事情继续发展，超越现有的阶段，我必须说出实情。

收到这封信后，如果您认为我不配享有您的盛情厚意，我也绝无怨言，依然会始终铭记您给予的热忱与关心。如果从此以后，您并不排斥我，仍然把我当作值得关心的人，我就毫无遗憾，自然会非常开心，并把这看作对我进一步关爱的象征。

……”

这封信，甘地修改了好多遍才成稿。信发出了，他感到自己卸下了压在心上的一块大石头。不久，他收到了老太太的回信：

“我收到你那封坦白的来信了，我们两个都很高兴，开心地大笑了一番。你所说的不诚实之过是可以原谅的，向我们说明实情也做得非常对。我还会继续邀请你，特别希望你下个星期六能来，给我们说说你的童婚，让我们开心地大笑一场。我想，我们的友谊不会因这件事受到任何影响。”

就这样，甘地用诚实战胜了虚伪，消除了谎言酝酿的祸害。此后，无论何时何地，无论遇到多么热心的帮助和多么漂亮的姑娘，他都毫不迟疑地郑重说明：自己已经是一个已婚的人。

原来，在每个人的心田里，真善美与假恶丑都是并存的。甘地之所以被誉为圣雄，主要并不在于他的心灵深处根本没有萌生过假恶丑的杂念，而在于他能用真善美不断地净化和战胜各种假恶丑的杂念。

马未都的“三个圈”

每个人都有自己的人生圈，成败都不重要，
重要的是自己经历的过程和做事的态度。

◎赵鸿祥

自从登上《百家讲坛》之后，马未都是一炮走红，已是半百的年龄了，屁股后面居然还围着一大堆“马扎”粉丝，可见老马魅力十足。无论走到哪里，一提起马未都，那可是如雷贯耳的人物。

2009年5月9日，马未都先生做客《咏乐汇》。一上来，马未都就以他特有的招牌眼神——微微笑的眯缝眼，拉近了与观众的距离。而主持人李咏还是按照惯例，手拿卡片，带着一脸的“坏”笑，幽默风趣地向大家介绍马未都的人生历程——马未都的“三个圈”。

第一个圈：演艺圈。那年，马未都只有十四岁，长得也算是一表人才，浓眉大眼的小伙儿。因为那个年代流行样板戏，他就跟着一个空政文工团演员到处演出，其中有一场戏叫《红灯记》，他扮演一个搜查李玉和家的伪兵，戏很简单，就是进里屋把一个皇历拿出来，再四处看几下，就算演完了。可是，不知什么原因，那天放道具的人给忘了，他一挑门帘儿进了里屋后，发现原本应该放在凳子上的皇历竟然不在了！当时他脑袋“嗡”地就大了，不知道该怎么办，干脆一屁股坐在凳子上就不出来了，愣是把观众给晾在舞台下。出了丑却让马未都明白了人生一个重要信条——做人要自信，做事要周密。

第二个圈：文学圈。马未都早年经历坎坷，下过乡，插过队，回城后还当过几年机床工人。正是因为这段特殊历程，成就了他的一桩文学梦。1981年，马未都在《中国青年报》发表了他的第一篇小说《今夜月儿圆》，整整一个版面，从此在这个圈里声名鹊起。《中国青年报》的领导看马未都是个文学可塑之才，就把他调到《青年文学》做了一名编辑。之后他又与王朔、刘震云等人一起组建了“海马影视创作室”创作了颇有影响的电视剧《编辑部的故事》《海马歌舞厅》等剧本。但是，做的时间久了，马未都就感觉到自己的文学道路已经走到头了，他认为自己的判断能力远远大于创作能力，即使自己再怎么努力，也不可能超过曹雪芹的水平。这段经历，让他领悟到了一个事理——坚持就能成功，放弃才能拥有。

第三个圈：收藏圈。早在出版社当编辑的时候，马未都就对收藏古董文物着了迷，经常利用出差搞笔会的机会，到处转悠捡漏。因为那时候，很多农民也没有什么文物意识，他常常以非常低的价钱就可以淘到价值不菲的宝贝。马未都捡漏和别人不一样，别人看中的是升值潜力，他看中的是文化价值，因为他比别人看的书多，研究得深，琢磨得透，只要一有时间，他就拿着放大镜往故宫里钻，时间一长，就连故宫的工作人员都把他当成一个怪人看待，态度也非常不耐烦，可是他已经到了着魔的地步了，赶都赶不走，也是这段平凡琐碎的生活最终造就了一个藏品大家。他现在的鉴宝境界已经达到了登峰造极的地步，只要瞧上一眼，用手一摸，一张口他就能准确判断出真伪，而且能流利说出这件古董是出自哪朝哪代的，具有什么特点、现在值多少钱。很多人听了后都说神了。他却眯眼一笑说："不是我有多大本事，而是我比你们看得多、见得多罢了！"起初，他是因为兴趣而喜欢上收藏，如今，马未都把它当成事业来经营了，看成一种使命、责任，于是也就有了中国第一家私人博物馆的诞生——观复博物馆。成功之后，马未都体味到人生最重要的两点：认真做事和宽容待人。

一个人的成功，正如马未都自己总结的八字信条："自信、坚强、认真、宽容。"而马未都的"三个圈"也告诉我们：每个人都有自己的人生圈，成败都不重要，重要的是自己经历的过程和做事的态度。

大师的认真

一个杰出的大师，也许我们很难一句话说清他与一般人有哪些不同，但是，有一点是肯定的：他们都有着不肯妥协的坚持和认真。

◎鲁行健

一个杰出的大师，也许我们很难一句话说清他与一般人有哪些不同，但是，有一点是肯定的：他们都有着不肯妥协的坚持和认真。

美籍华裔物理学家李政道博士1940年到美国读研究生，他的导师是大师级的物理学家费米教授。费米教授每周用半天时间跟李政道讨论问题，他的主要目的是训练，让学生对一切问题能够独立思考，找到答案。

有一次，费米问李政道："太阳中间的温度是多少？"李政道答："大概是二千万绝对温度。"费米问："你是怎么知道的？"李政道说："是从文献上看来的。"费米问："你自己有没有算过？"李政道答："没有，这个计算比较复杂。"费米告诉李政道："作为一个学者，这样不行，你一定要自己思考和计算，你不能这样接受人家的结论。”李政道问：“那怎么办？这里有两个公式，看起来不是最复杂，真要做起来，却并不那么简单。”费米说：“你能不能想一个其他的方法来计算？”李政道说：“想什么办法呢？没有大计算器。”费米教授当时正在做着很重要的物理实验，但是他放下了手中的实验，与李政道一起做了一台计算器。

不久，全世界唯一专门用来做大计算的计算器做好了，李政道用自己的计算器，以新的方法计算出了太阳中间的温度。李政道后来说，费米教授看重的，并不仅仅是做这样一次计算，他是让学生明白，作为一个科学家不能轻易接受别人的结论，必须自己亲手实验，而且要尝试使用新的方法。这件事情让李政道博士一生受益无穷。以后他无论在学术研究还是在做人处世当中，都始终坚持脚踏实地，开拓创新。

1994年，著名指挥家小泽征尔回到出生地沈阳，他决定指挥辽宁交响乐团上演《德沃夏克第九交响曲》。第一天，在排练完第四乐章后，小泽的脸色骤然沉了下来，紧皱眉头，低沉地自语道：“怎么会这样？这样的乐团怎么去演出？”忽然，他将指挥棒重重地敲了一下乐谱架后说：“从明天起，我们进行个人演奏过关训练。”这等于在说，每个人需要从基本功训练做起——这绝不是大师级指挥家做的事。但是此后，这位享誉世界的指挥家小泽征尔，每天坚持上训练课六个钟头，小泽一次次仔细认真地纠正每一个乐手，俨然一位教音乐课的小学教师。

到了第三天下午，小泽实在太疲劳了。他先是蹲在地板上指挥，后来，干脆就跪在地板上指挥。脸上的汗水挥洒在乐谱和地板上。尤其是第一小提琴手，尽管他一次次地纠正，可还是难以让他满意。望着大师被汗水浸透了的头发，一脸的疲惫，第一小提琴手心中难受极了，先是流泪、抽泣，后是失声哭了起来：“大师，对不起，您另选他人吧，我不行。”在场的人都以为大师会发火。不料他却十分平静和悦地说：“你行，只差一点点，请再来一次。”当她拉完一遍，大师捋起头发：“谢谢，请再来一次好吗？”就这样，当第一小提琴手的演奏达到满意的时候，她自己已经泣不成声。大师大口喘息着接过毛巾笑着说：“你们都行，谁也没有理由泄气……”

就是从那个时候开始，所有参加了那一次演出的乐团乐手都犹如接受了一次脱胎换骨的洗礼。不仅仅是在音乐方面，而是明白了一个乐手之所以成为大师的秘密所在。

人生没有便宜可占

你只能勇敢地面对它，然后想办法战胜它，
因为人生没有便宜可占。

◎仲达明

她出生在北京一个普通的家庭。刚出生时，她头颅硕大，是其他婴儿的几倍；她胖嘟嘟的，有其他婴儿几倍重。人们看到她，觉得她胖得可爱。

随着年龄的增长，她从人们的眼神里知道，胖并不是什么好事。胖，让她自卑；胖，让别人认为她又呆又笨，因为人们常说十胖九呆。于是，她开始拒绝去人多的地方，她害怕见到那些漂亮的女孩儿。她不能也不敢喜欢跳舞，更不喜欢上暴露她缺点的体育课，因为，她怕自己跑步的姿势成为同学的笑柄……

到了中学，她最大的愿望就是所有的同学和老师都看不见她，她恨不得自己能有一身隐身衣。可是没有，于是她只好用蓝色和灰色的衣服包装自己，只是希望把自己那不堪入目的胖隐藏一点儿再隐藏一点儿。这时候，自卑成了她生活的主题，她得了自闭症，常常一个人发呆。

有一天体育课，她一个人坐在教室里，突发奇想：我要是变成某某某多好。

可是，当她把班上所有同学都“扮演”了一遍之后，她发现变成了别人的“自己”虽然有很多优点，但她也发现每个人也都有很多缺点。这一刻，她释然了，她发觉以前的自己都是在跟自己过不去。

想通了这一层，她渐渐明白，胖并没有错，因为她跟其他任何人一样，都是一个健康的人。于是她打开心锁，跟不同的人交往，读各种书籍，在交往和阅读中，她汲取自己成长需要的大量营养。

胖，并没有让她的生活变得很糟，倒让她从跟自己找碴儿的青春期里明白了很多道理，学到了更多有用的东西。

1995年，一个偶然的机会，她被邀请作为中央电视台《半边天》栏目的嘉宾，竟然上了电视。实际上，电视台想让她做节目主持人，却又怕观众不满她的长相，于是电视台一次又一次地把她作为嘉宾推到观众面前。就这样，她稀里糊涂地成了中央电视台《半边天》栏目主持人。

如你所想，她就是获得“中国电视主持人二十五年杰出贡献大奖”的张越。

“电视台的女主持人中美女如云，你会不会觉得自己被她们抢走了光彩？”获奖后，记者这样问她。

面对这个很有挑战性的问题，张越笑得十分爽朗：“你直接说我不漂亮得了。现在，漂亮不漂亮对我已没有任何意义。因为人这辈子，不管你漂亮不漂亮，都无法占人生的便宜。要想成功，每个人要付出的，包括内心所要经历的痛苦、不安、委屈等，你都无法逃避它。你只能勇敢地面对它，然后想办法战胜它，因为人生没有便宜可占。明白了这个道理，我的心里就踏实了。”

成功就是用板砖铺路

什么叫成功？就是把扔过来的“板砖”铺成道路。

◎甘中利

他出生在天津的一个传统的知识分子家庭，祖上几代没有一个是跟相声沾边的。家人都认为说相声是件很不正经的事，而且连他自己也从没想过要从事相声表演。偏偏幼小的他由于天天被繁忙的父母“寄存”在各个剧场里，听评书，听大鼓，听各种曲艺，累日熏陶，不知不觉竟喜欢上了这一行。

八岁那年，他开始了拜师学艺的生涯，师从评书前辈高祥凯，学习评书，后又跟盲艺人王田雨学西河大鼓，由相声名家常宝丰开蒙学相声，还受过白全福、高英培等相声前辈的指点和传授。

1988年，他跟随河北梆子老艺人小达子先生学唱梆子。1989年，他又跟随老艺人刘炳文先生学唱评剧，工文丑、老生、花脸、彩旦。

他曾三次“北漂”，试图寻找柳暗花明的瞬间，都未能如愿，还受到不少人的言语奚落。直到1996年，他创办了“北京相声大会”，即今天的“德云社”，开始尝试让相声回归剧场，并长期演出传统相声。为此，他住最便宜的房子，啃馒头就自来水，辗转于北京的各个演出场所，有时甚至连工钱都无法拿到。但他从没有放弃和绝望过，他在去北京之前就已抱定了破釜沉舟力争成功的决心。

1999年，他拜评书界重量级人物金文声为师，学习南路快板、王派快板。

2004年，他拜相声名家侯耀文为师，潜心学习京剧、评戏、河北梆子等剧种，并加盟中国铁路文工团说唱团，而此前他仅是该团的一名签约演员。

不仅如此，多年来，他还辗转于梨园，兼工铜锤和檀板丝竹等行当。通过对多种艺术形式的借鉴、糅合和创新，他逐渐形成了一套为观众所喜闻乐见的独特表演风格，被越来越多的人关注、喜爱和追捧。

一时间，“板砖”也纷纷四起：有人预言“这小子就是个泡沫”，有人指责他的某些作品风格低俗，类似二人转；有人声称他抄袭传统相声名段改为自己的段子，比如《骑马前行》改为《骑摩托车前行》、《卖挂票》改为《卖吊票》……面对争议，他曾向记者坦言：“什么叫成功？就是把扔过来的‘板砖’铺成道路。”

没错，他就是郭德纲，深受人们喜爱的草根相声演员。近年来，他创办的德云社已成为京城名声大振的实力派相声演出团体，上演节目达千余场。他的相声专场演出达到了一票难求的程度，他也创下返场二十二次的相声演出新纪录，成为现今相声界青年演员佼佼者。

是的，成功之路漫漫，难免会有一些坎坷与“板砖”四处隐伏，我们所要做的就是把它们铺成一条平坦的通途，大踏步地走下去。

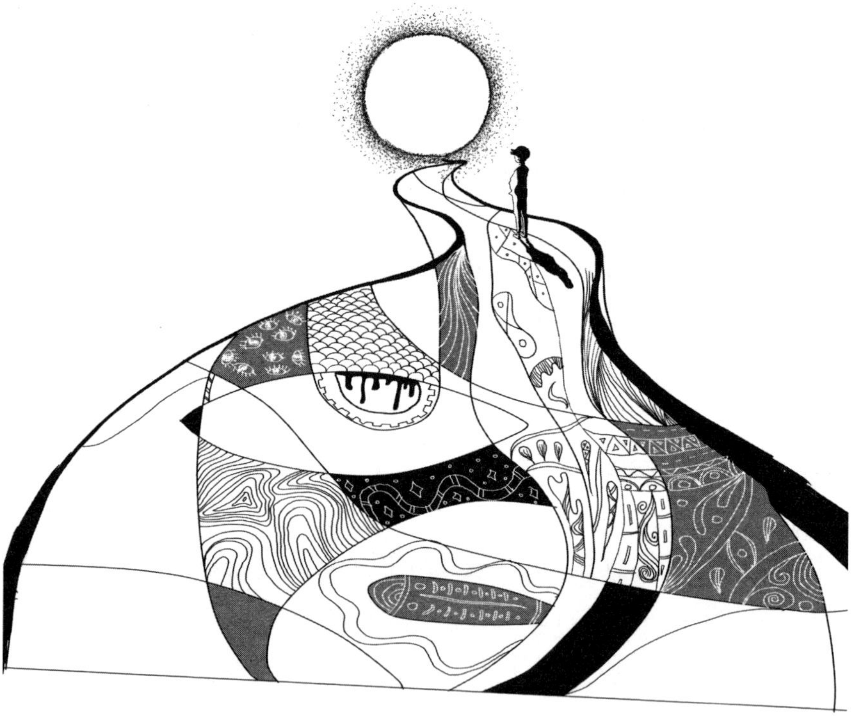

给成功留白

我会给每一段成功都留点儿空白，这样才能激起我无穷的斗志，激励我朝下一个新的目标努力奋进，一直到我找到自己的生活定位。

◎习　楚

她出生于北京的一个名门家庭，父亲是经济学家，母亲是外交家和作家，她的出生自然被很多人关注着。但她却生来一副叛逆的性格。

两岁时，她会把母亲送她的电子琴摔个粉碎；四岁时，她仍然会把父亲朋友送的书法帖扔进垃圾桶里；五岁，她会振振有词地在聚会上说："蓝色就是代表爱情。"引得众人哄堂大笑。母亲发现了她惊人的语言天赋，便期望她能女承母业，从事外交工作。但每次找她谈话，她都是跑得远远的。亲朋好友都不免惋惜，但又都无可奈何。

十岁，作文课，题目是谈自己的理想，她几乎没加任何考虑地回答，我不愿意踏着父母的脚步走路，我希望走一条属于自己的路。老师下课后找她谈话："如果现在你眼前正有这么一个机会，你会去把握吗？”她拼命点头，有了老师的支持，她更是深受鼓舞，当得知国家将派一批小留学生赴美求学，她知道机会来了。

她找到母亲，坦诚地讲了自己的想法，母亲大为吃惊，简直不敢相信自己的耳朵。她却说：“我不愿意活在你们的影子里，虽然这种生活会很轻松，但不是我想要的，我只想做独一无二的自己。”母亲还是坚持不同意，但她的一句话，最终改变了母亲的态度：“如果继续按照你们的轨迹生活，我能过得快乐吗？”

就这样，她来到了美国。虽然融入美国社会比她想象的要复杂得多，但她一直努力适应着。有一次，学校组织秋游，因为没钱，大家只好在街上买东西吃，很多人都委屈地哭起来。她却像一只快乐的小鸟，四处飞奔。回来后，班主任问她：“你不会像其他人一样，因为没钱而烦恼吗？”她摇摇头，坚定地说：“开心跟钱没关系，能做自己的事，过自己想要的生活，才是最真实的幸福。”

初中毕业后，她考上了久负盛名的美国纽约瓦瑟学院学习国际政治专业，成为当今美国政坛上活跃的政治家希拉里的校友。毕业后，凭借自信和才情，她签约德国金属有限公司，成为其驻北京办事处的首席代表，年薪十八万。很多人在惊叹的同时，也羡慕她有份稳定而优越的工作。

就在所有人都认为，她将按照这样的轨迹走下去的时候，她突然提出了辞职，随后办猎头公司，做投资咨询。有人不解，有人迷茫，但她却有自己的长远打算。

这样闯荡了几年后，她不仅在事业上有所成就，还拥有了一大批客户资源，就在网络泡沫前夕，精明的她带着自己的团队操刀斩麻，转攻杂志。

几年下来，她所办的《世界都市iLOOK》《名牌世界·乐》《SEVENTEEN·青春一族》三本刊物均创下了百万以上的销量。

她就是洪晃。业余时间，她还写些杂文，照样卖得很火。

如今的洪晃，无论是在传媒界还是文化界，都有着颇高的人气。一次朋友聚会上，谈起人生的规划，她说：“人生就好比攀登，在攀上最后一座适合你的山头儿前，必须慎重。所以年轻时，我并不想让自己做得太完美，把自己拘束在一个点上，我会给每一段成功都留点儿空白，这样才能激起我无穷的斗志，激励我朝下一个新的目标努力奋进，一直到我找到自己的生活定位。我花了二十年的时间用来证明我的选择，我成功了。”

比上帝还挑剔的天才

这两位当时站在世界物理学前沿而后又都获得诺贝尔奖的科学家后来说到泡利时，都对他那寻根究底、追本溯源、一丝不苟的钻研精神和他灵敏的思维记忆犹新。

◎鲁先圣

一个挑剔的人，往往是不讨人喜欢的，甚至是令人讨厌的。但是，对于一个埋头于科学的人来说，挑剔却是难能可贵的素养。美籍奥地利科学家沃尔夫冈·泡利就是这样的一个人，他从小就以挑剔著称，被人们称为“比上帝还挑剔的人”。但恰恰就是因为他这种挑剔的“毛病”，让他在科学的王国里取得了重大的发现，很年轻的时候就誉满天下了。

上中学时，泡利就对当时鲜为人知的爱因斯坦的广义相对论产生了浓厚的兴趣，经常埋首研读，中学毕业后就成为慕尼黑大学索末菲教授的研究生。他总是向老师提出一些在常人看来很挑剔的怪异的疑问。他的物理老师，著名的索末菲教授，干脆请他为德国正准备出版的百科全书写一篇关于相对论的文章，泡利居然完成了一部二百五十页的专题论著，这让教授大为惊讶。爱因斯坦看过泡利的论著后说：“任何一个人看到这样成熟和富于想象力的著作，都不能相信作者只是个二十一岁的学生。”

广义相对论是以理论晦涩难懂且对数学程度要求高著称，当时有个著名的玩笑，说世界上只有三个半人懂得广义相对论。而泡利的这篇文章不仅总结了当时已有的成果，并且给出了自己的解释和看法，是关于相对论的经典著作。即使现在看，也毫不过时，泡利当时对相对论的各种结论及预测在八十年后也基本是正确的，而他所提出的问题至今依然没有解决。他这么年轻却有如此独到的见解，所以震惊了整个物理学界，一举成名。

大学毕业后，泡利先后给马克斯·玻恩和尼尔斯·玻尔当助手。这两位当时站在世界物理学前沿而后又都获得诺贝尔奖的科学家后来说到泡利时，都对他那寻根究底、追本溯源、一丝不苟的钻研精神和他灵敏的思维记忆犹新。泡利总是有与众不同的见解而且绝不轻易被别人说服，他尖刻、挑剔、好争论但决不唯我独尊。当他验证了一个学术观点并得出正确结论后，不管这个观点是他自己的还是别人的，他都兴奋异常，如获至宝，而把挑剔的争论忘得一干二净。

正是他这种用挑剔的眼光发现问题、提出疑问的科学态度，赢得了索末菲、玻恩和玻尔的厚爱。他也从这些名师那里学到了富有教益的思维方法和实验技巧，为他后来的科研攀登打下了坚实的基础，终于以发现量子的不相容原理而迈入世界著名物理学家的行列。

他不仅仅以挑剔出名，也从来不畏惧名流和经验，他是那种标准的天才式的物理学家，其研究范围涉及物理学的几乎所有方面。他为人傲慢，言辞犀利刻薄，问题刁钻，对任何权威都能直言不讳、不留情面。这一点从他的两个绰号“上帝的鞭子”和“科学家的良知”中就可以看出。他还在读书的时候，有一次听爱因斯坦在一次国际会议上做报告，结束后泡利站起来说：“我觉得爱因斯坦并不完全是愚蠢的。”一次，在意大利物理学家塞格雷的报告结束之后，泡利说：“我从来没有听过像你这么糟糕的报告。”塞格雷一言未发。泡利想了一想，回身对同行的瑞士物理化学家布瑞斯彻说：“如果你来做报告，情况会更加糟糕。当然，你上次在苏黎世的开幕式报告除外。”泡利对学生也很不客气。有一次，一位学生请泡利看自己的论文，过了两天，泡利把论文还给他时说：“连错误都够不上。”

1925年春，从汉堡大学传出一个令世界物理学界惊讶的消息：一个新的物理学原理——不相容原理诞生了。它的提出者正是名不见经传的年轻学者，只有二十五岁的泡利。不相容原理被称为量子力学的主要支柱之一，是自然界的基本定律，它使得当时所知的许多有关原子结构的知识变得条理化。1945年，泡利因他在二十五岁时发现的不相容原理获诺贝尔物理学奖。

黄伟明：给人生留点儿悬念

我必须在还没到巅峰的时候就离开，然后朝下一个目标全力奔跑。给自己的人生留点儿悬念。

◎王国军

“喜羊羊之父”黄伟明，出生于广州的一个艺术之家。在父亲和哥哥的影响下，黄伟明三岁时就迷恋上了画画儿。那个时候，他的生活只有两件事，一是画画儿，二是看动画片。从《大闹天宫》《哪吒闹海》《天书奇谈》到《三个和尚》《没头脑和不高兴》，黄伟明一直都沉醉其中，不能自拔。

十岁，班会课。班主任让大家畅谈自己的梦想。黄伟明第一个站起来发言：“我要做中国动画第一人。”老师和同学们惊呆了，良久，老师才说：“孩子，你知道吗，梦想的实现并不是一蹴而就的事情，你有为之奋斗二十年甚至一辈子的毅力吗？”黄伟明几乎不假思索地回答：“我愿意，因为我爱它，就如同我热爱生命一样。”黄伟明的回答赢得了大家热烈的掌声。

1988年，黄伟明在《中学生报》发表了自己的第一幅漫画，那一年，他才十六岁，伴随着儿时的梦想和身体的成长，他愉悦地向自己的目标发起了冲击。

黄伟明找到父亲，提出了到国外学习动漫的想法，父亲虽然支持儿子画画儿，但他认为动画是西方人的专利，而且也不希望儿子背井离乡到国外闯荡。黄伟明说：“就让我去试试吧，如果不行，至少能给我一次失败的经历。”经过几年的交流，直到1996年，父亲才勉强答应了他出国的要求。

就这样，黄伟明来到了加拿大，边打工边学习。虽然生活很艰苦，做过很多粗活，但为了儿时的梦想，黄伟明一直咬牙坚持着。有一次，黄伟明申请到了一个到超市拖地的工作，上班的时候，被几个同学看见了，同学们惊讶地说：“黄伟明，你拖地也用不着跑到加拿大来吧。”黄伟明笑了，他说了一句让同学记忆一辈子的话：“我今天的磨炼是为了明天更好地坚持。”

黄伟明当然知道动画和漫画才是他一辈子要为之奋斗的事业。学习结束后，他马上回到了中国发展，恰逢国家扶持原创动画政策出台，黄伟明有了大展拳脚的机会。不久后，他的第一部家庭幽默情景式动画片《宝贝女儿好妈妈》便问世了，并受到了众多观众的喜欢。借着这股东风，黄伟明又成功地创造出了《喜羊羊与灰太狼》。2008年初，《喜羊羊与灰太狼》已制作出约五百集，他所在的原创动力公司准备制作到一千期，与此同时，其衍生产品也火遍了大江南北。他也因此赢得了“喜羊羊之父”的美誉。

就在所有人都以为黄伟明会顺着这样的轨迹一直走下去的时候，他却突然提出了辞职，之后，办起了自己的公司，准备推出新的动画长篇作品。有人怀疑，有人不解，作为一个创作人，黄伟明显然有自己的长远打算。

经过一年多的酝酿，在2010年初举行的首届中国国际影视动漫版权保护和贸易博览会上，黄伟明正式推出了自己的科幻新作《开心超人》，之所以选择“超人”题材，黄伟明说：“看动画片这么多年来，我一直没看到中国的超人形象，我希望能创作出属于中国的超人。”

如今的黄伟明，无论是在漫画界还是影视界，都有着颇高的人气。当记者问及他的创业经验时，黄伟明说：“我并不希望守着一幅成功作品到老，我觉得人活着，是因为激情，激情不够了，要重新找回激情。所以，我必须在还没到巅峰的时候就离开，然后朝下一个目标全力奔跑。给自己的人生留点儿悬念，我想，这样的人生，才会充实和完美。”

站着卖菜的慈善家

不管外界如何纷扰，都不因善小而不为。

◎廖晓颖

她是个仅仅只有小学文化程度的普通摊贩，卖五十元新台币三把的小白菜是她的专长。她其貌不扬，甚至可以说是“丑”，不足一米五的身高，幼年时因被烫伤，右手手指神经受损，五指蜷曲，双足又因为长期站立，压迫脚掌成五角形，同时蜂窝性组织炎长期困扰着她，严重时走路是一跛一跛的。

这样一个普通得不能再普通的老妇人，却与姚明、成龙等四十八人，一齐登上了亚洲《福布斯》杂志“亚太慈善英雄人物”排行榜。在美国《时代》周刊公布的2010年度最具影响力百位人物名单中，位列英雄类人物奖第八名，著名导演李安亲自执笔为她在《时代》杂志上撰文介绍，在介绍文最后一段里，李安甚至用了“amazing”这个词，意思是“了不起”。

她的行为感动了全世界，但她却浑然不知。福布斯慈善榜公布的当天，她正忙着在她的菜摊前卖菜。这个位于台东市中央市场内的小菜摊还是她母亲留下来的，她从十三岁开始就在这儿了，一站就是四十八年。当年，她的母亲难产，家中却穷得连就医的保证金都缴不起，最终延误了抢救时机，一家人只能眼睁睁地看着母亲死去。为了养活家里的四个弟妹，十三岁的她只好辍学，接手家里的菜摊。此后每天清晨4点起床去批发蔬菜，忙到晚上9点收摊，日复一日。一眨眼，她在菜摊上度过了四十八个年头。除了除夕，几乎全年无休，2003年“非典”暴发后，她才能休息十二天，因为菜市场每个月要消一次毒。为了照顾家中老小，她至今孑然一身，并认为用一个人的牺牲换取全家的幸福，这种牺牲是“理所当然”的。

她的一生是极其节俭的，甚至到了苛刻的地步。一天吃饭用不到一百元新台币，或是酱油拌饭，或是整整一周只吃一瓶豆腐乳佐餐，最奢侈也就是买个快餐，午餐吃一半，晚餐再吃一半；就连病了也不情愿去医院，总是自己买点儿药吃，一是怕花钱，二是担心客人流失，生意下滑。这样一个恨不得把一分钱掰成两半用的女人，近二十年来却捐献了一千万元新台币给社会，这其中需要卖出多少把小白菜、多少条黄瓜才能攒到一千万元新台币？我们谁也不得而知。她一直认为：“钱，要给需要的人才有用。”1993年她捐款一百万元新台币给佛光学院，2004年她把多年卖菜积蓄的一百万元新台币捐给儿童基金会，2005年她得知仁爱小学要建图书馆，就把全部积蓄四百五十万元新台币捐出，当听说有福利院缺少经费，她立刻捐出一百万元新台币。

她默默地做着这一切，感觉是那么的平常与快乐，甚至觉得只是“舍得与舍不得”之类的简单小事。少年时期的贫困让她对生活有了更深一层的理解，当她站在教堂跟着旋律唱《感恩的心》时，她的心是充满感动的，为那些曾经给予自己帮助、自己也帮助过的人。她根本就没想过要出名，只是发自内心地想去这么做。当她被评选为2010年全球最具影响力的一百位英雄人物时，媒体记者纷至沓来对她进行追踪报道，她慌乱不知所措，甚至当马英九亲自给她打电话鼓励她时，她考虑再三才肯答应出席《时代》周刊的颁奖大会。在这之前她不知道《时代》是什么，更不知道是谁推荐了她。

出名后的她拒绝了做广告代言人，一心只想尽快回到菜场去卖菜，她认为那里才是她的人生舞台，只有在那儿，她的一颗心才能真正安定下来。

她叫陈树菊，台东一位卖了半个世纪菜的普通阿姨。

富人的慷慨，让人看到慈善的力量，而一个平凡老百姓的慷慨，则让人看到人性的美德。他们是我们心中不灭的那盏灯，照着我们在人生的道路上行走。不管外界如何纷扰，都不因善小而不为。

一匹北方的“藏獒”

两军对垒勇者胜，没有敢拼敢打的决心、勇气、意志，没有泰山崩于前而面不改色的气魄，是无法在赛场上压倒强敌的。

◎苗向东

2011年5月15日，张继科在2011年世界乒乓球锦标赛男子单打决赛中，一举夺魁。夺冠后，他激动地将身上的运动衫撕碎，堪称经典。

张继科长得眉清目秀，赛场之下话也不多，却是队里的“问题少年”。他曾被誉为“乒乓神童”，十五岁前他的乒乓球之路比谁都一帆风顺。可刚到国家队没几个月，就因为违反队规，被退回了省队，天才之星几乎就要陨落。回忆起那时，教练谷青成说：“那时他特别消沉，一度萌生出国打球的想法。”受不了打击的他甚至不想再打球了。通过多方做工作，他总算留了下来。经过两年在省队的磨炼和沉淀，他终于又回到了国家队。

对于张继科，刘国梁给他起了一个外号叫“藏獒”。藏獒是面对老虎、豹子都不怕，谁都敢咬，敢于血战到底的动物。张继科打球凶猛，谁都不怵，充满个性。在刘国梁看来，张继科就像藏獒一样，骨子里比较狂野、凶悍，面对任何对手、任何困难都敢上；但他也有点儿控制不了自己，什么情况都有可能发生。刘国梁曾说："包括我们教练，实事求是地讲，也驾驭不了他，控制不了他。"在厦门备战世界乒乓球锦标赛时，集训四十天，刘国梁就骂了他三十九天，有次还直截了当地骂道："你要再不好好练，你就滚蛋！"为的是逼出他的血性。

中国运动员一般来讲受传统文化影响，比较内敛含蓄，但在赛场上，这显得多少有些不够霸气，爆发力不足。在赛场上太需要"藏獒"的性格了，在强敌面前无所畏惧，一往无前。两军对垒勇者胜，没有敢拼敢打的决心、勇气、意志，没有泰山崩于前而面不改色的气魄，是无法在赛场上压倒强敌的。为此，张继科很喜欢"藏獒"这个外号。

在第51届世界乒乓球锦标赛上，张继科首次出征，第一次参加单打比赛，刘国梁给他的任务是进入八强。张继科的抽签并不理想，遇上了以往比较难打的韩国削球老将朱世赫，谁都没有想到他4比0就拿了下来。在四分之一决赛中，二十三岁的他面对年长自己十岁的王励勤，最终他以4比2战胜师兄，胜利后他不禁脱下球鞋亲吻起来。虽然他完成了任务，但其实这时候，属于他的表演才刚刚到来。半决赛他对阵德国名将波尔开始上演着疯狂。刘国梁说："他是只藏獒，他在等待时间来爆发出他体内膨胀的血液。"在先失一局的情况下张继科一鼓作气连扳四局，取胜后一向含蓄内敛的他一改往日的平静，先将拍子扔在台子上，然后一个旱地拔葱式的起跳进行咆哮庆祝，接着右手握拳捶胸像只小豹子般发出怒吼。

压轴大戏是男单决赛。张继科站在男单决赛的球桌前，隔网而立的是当时世界排名第一的王皓。张继科越到困难的时候越能激发潜能，越到大比赛整体状态越好。他先以12比10和11比7拿下两局，经验老到的王皓以11比6和11比9还以颜色。这场高水平的对决让现场万名球迷叹为观止。接着张继科以11比5再胜一局，在第六局的较量中，他以10比5率先拿到赛点。可是王皓豁出去了，一口气挽回了六个赛点，双方斗得难分难解。张继科在第七个赛点上没有手软，一记凶狠的搏杀令对手回球失误，就这样张继科将阿霍伊体育馆彻底带入高潮。

惊心动魄的胜利后，张继科一下子躺倒在地上，用双手捂住了脸。五秒之后，他突然坐起来，出人意外地仰天长啸，继而双手摆在胸前，发狠一拉，鲜红的球衣随即变成布条！他露出健硕的肌肉，看台上尖叫声欢呼声一片。已经极度疯狂、极度陶醉的他光着膀子，激动地跨越挡板奔向看台，与主管教练肖战深情相拥。这无疑是颠覆中国乒乓球运动员传统形象的一个举动，人们从来没有想过，在中国，藏着这么一只“藏獒”。

第51届世界乒乓球锦标赛至此曲终人散，而张继科狂野、凶悍的藏獒形象给亿万球迷留下了不可磨灭的印象。

繁星满天

没有繁星闪耀的夜空是荒芜的，我更喜欢繁星满天。

◎王海莹

她生在中国最北端的城市——黑龙江漠河的北极村，出生的那天正好是正月十五，所以她还有一个乳名“迎灯”。父亲迟泽凤是小镇上的小学校长，因为非常喜欢三国时期文学家曹植，而曹植又名曹子建，因此给她取名“迟子建”。北极村，依山傍水，风景优美，每年有多半的时间白雪飘飘。村子里只有百余户人家，她家住的那条街上包括她在内只有三个小孩儿。她的童年记忆都和外婆的故事有关。每天晚上外婆就讲鬼故事，还有民间的传说，经常会把她吓得毛骨悚然或是听得悠然神往，可以说外婆是她最早的文学启蒙老师。变幻无穷的大自然以及民间神话让她对大自然产生了深深的敬畏，以至后来她的很多作品都有着这方面的思考。

也许是北极村特有的灵秀滋养了她，在大兴安岭读师专的时候她便开始写小说《北极村童话》。当她写完时，对它充满了信心。毕业回到家乡当山村教师，她又对它做了修改润色，然后投给两家刊物，都被退回，说它太“散文化”。她自己对它几乎失去了信心。1985年，黑龙江省作协在萧红故居呼兰县办了一期小说创作班，她去参加。其间《人民文学》编辑朱伟来讲课，在他临离开呼兰的前两个小时，她忐忑不安地将《北极村童话》交给朱伟，让他看看这像不像小说。朱伟当时正在会议室休息，他说马上要走，只能翻翻。迟子建很失望地回到房间，想他也许连翻也不会翻一下。没想到，在朱伟即将出发前，他找到她，未等迟子建问他如何，朱伟说，这篇小说不错，为什么不早些寄给《人民文学》。朱伟带走了《北极村童话》，发表在《人民文学》上。迟子建一直认为这是她早期最具代表性的作品。

从此迟子建笔耕不辍，亦连连获得文学重要奖项。1998年，34岁的迟子建遇到了自己的真爱，当她正在爱河中畅游的时候，2002年，爱人突然遭遇车祸亡故。在最初的四个月里她推掉了所有笔会的邀请，一个人待在哈尔滨的家中。不敢接电话，怕别人安慰；不敢上街，因为每一条街都留下了她和爱人共同走过的足迹；更不敢去商场，她仍清晰记得在哪家商场为他买过格子衬衫，在哪家商场为他买过鞋和裤子……她终日流泪，以致眼痛得无法看书、写作。那段日子她把自己关在家里，一次，无意中她在电视新闻中看到了一个煤矿发生了矿难，看到了那些失去了丈夫的人们那悲伤的脸，那种深深的哀伤和她的伤痛发生了剧烈碰撞，让她有了写作的冲动，写出了被文坛誉为她的自传体小说并第三次获得鲁迅文学奖的作品《世界上所有的夜晚》。或许，人生如路，须在荒凉中走出繁华的风景来。丈夫离开的八年来，迟子建沉浸在写作中，一部部影响当代文坛的重要作品相继问世。她创作的《额尔古纳河右岸》获得了第七届茅盾文学奖，散文《光明在低头的一瞬》获得冰心散文奖，她成为名副其实的大满贯得主。事实证明，写作拯救了她。在写作中，她获得了新生。

2010年12月，迟子建以满票当选黑龙江省作家协会主席。在作家代表大会上，她讲述了一段往事。2005年，她受美国爱荷华大学“国际写作计划”的邀请，到爱荷华进行为期三个月的写作、研讨等活动。主办方莱克先生向来自二十多个国家的三十六位作家询问道：“你认为你是自己国家最优秀的作家吗？”迟子建回答：“当你走出户外，仰望天空，突然只看见一颗星星，你一定会以为是世界末日降临。没有繁星闪耀的夜空是荒芜的，我更喜欢繁星满天。”此时，会场上响起了潮水般的掌声。是的，个人一旦变小了，世界就大了，反之亦然。一个人要想真正融入世界中，一定要把自己变得小一些，最好小得如一粒微尘。这样，世界才能升腾起来。

孙红雷：越沧桑，越辉煌

人生有许多成功的机会，但也有许多吃苦受难的考验，要不顾一切地抓住机会，竭尽全力做好它。

◎薛　峰

孙红雷出生在哈尔滨市道里区一个破旧的俄式老洋房里，家里穷，二十八平方米的房子里，住着父母、爷爷、叔叔和三个孩子，六七个人一个挨一个睡在吊铺上。父母微薄的工资根本无法应付一家人的吃饭问题。有连续五年，每个月末妈妈都要到邻居家借十块钱维持家用，那时邻居都瞧不起他们。秋天的时候，他时常和母亲一起去菜市场捡烂菜叶子，然后回去洗干净做菜。孙红雷从小就品尝了底层生活的艰辛。

小时候的孙红雷便初显艺术天分。初中时，他突然发现自己特爱唱歌，并且非常喜欢跳霹雳舞，上中学时常常晚上逃课去哈尔滨青年宫跳，参加黑龙江省霹雳舞大赛获得一等奖。为了改变家庭的贫困境况，十八岁时，他弃学去跳霹雳舞，还到各地走穴演出。他还组建了“小虎队”，一天有三百多元的收入。

1995年初，孙红雷有幸认识了来哈尔滨演出的牛振华、冯巩等明星，热心的牛振华说："你这么能演，不去报考中央戏剧学院，岂不是太可惜了。"牛振华的话点醒了孙红雷。可是看看镜中的自己，孙红雷就有点儿泄气。父亲知道后说："大家都喜欢看《过把瘾》，其实王志文也不怎么好看啊，可他演得是真好看。"父亲的话如醍醐灌顶，让孙红雷意识到，平凡而真实的演员只要努力也是有生命力的！孙红雷决定报考中央戏剧学院，最终凭着出色的表演成功地考进了中央戏剧学院。毕业后，他进入了中国国家话剧院，成为一名话剧演员，并获得了戏剧界的大奖——梅花奖最佳男主角。

在演了两年话剧后，孙红雷幸运地被张艺谋相中出演《我的父亲母亲》。张艺谋特地找孙红雷谈话，直言选他的原因是需要找一个完全不像演员的人。结果，在这部章子怡的成名之作中，几乎没人发现曾有孙红雷的出现。他以雁过无声的表演方式完成了导演交付的"不可能的任务"，并借着此片干净利落地完成了身份的蜕变——从一个话剧演员到一个影视演员的转变，也因此成为孙红雷演艺道路的重要转折和坚实起点。2000年，在赵宝刚导演的电视剧《永不瞑目》中，他出演了一个只有六七场戏的打手建军，这是孙红雷努力争来的。当时孙红雷等了赵宝刚六个小时。赵宝刚只是瞟了他一眼冷冷地说："不行，太忠厚老实。"孙红雷轻轻地却又坚定地说了句："你不用我会后悔。"赵宝刚吓了一跳，在重新审视了这个魁梧的年轻人后，勉强同意让他试镜。正是这一个建军，让不少观众第一次对孙红雷留下了深刻印象。拍完后赵宝刚对他说，你欠我一部戏。于是，就有了《像雾像雨又像风》里那个深情寡言的阿莱。在接连出演了赵宝刚的两部经典之作后，孙红雷终于迎来了风光无限的春天。

2001年，在风靡一时的电视剧《征服》里，孙红雷饰演的黑帮老大以其“凶狠”“霸气”和“狂妄”，为他赢得了内地娱乐圈“第一硬汉”的美誉。2004年，孙红雷凭借《军歌嘹亮》中高大山一角获得了当年金鹰奖最佳男演员奖提名和中国电视界最受大众欢迎十佳演员奖；2006年，孙红雷和陈小艺主演的电视剧《半路夫妻》成为当年收视率之冠。

2007年，在《潜伏》中，孙红雷对角色余则成的把握既精准到位又游刃有余，平和中不失果断，刚毅而不失柔情，昭示着演技的重大突破。最终，凭此与张国立同时荣获2009年第27届飞天奖优秀男演员奖。此外，孙红雷还曾两次获得文化部“优秀表演奖”，两次获得电视节“白玉兰奖”最佳男演员奖以及其他众多奖项。

一路走来，孙红雷的星路比其他人要坎坷许多。他尝尽了人间冷暖，在等待成功的时刻自然就显得分外从容。从《像雾像雨又像风》中的深情寡言，到《大工匠》中的耿直刚硬；从《征服》中的狡猾专横，到《七剑》中的阴郁狠辣；从《刀锋1937》中的爱恨分明，到《半路夫妻》中的玩世不恭却重情重义，直到《梅兰芳》中邱如白的疯魔，孙红雷成功地诠释了不同的角色，演技日臻成熟。在《潜伏》中，他完全收敛了以往的极致张扬，变成了谨小慎微、深藏不露的谍报人员，给人意外的惊喜。而在主旋律大戏《人间正道是沧桑》中，孙红雷的演技已经可以用炉火纯青来形容了。

孙红雷在评价自己时说，他一是沧桑，该经历的都经历了；二是贪婪，像是一块特别能吸水的海绵；三是执着，喜欢将每件事都做到极致，从不放弃。是的，人生有许多成功的机会，但也有许多吃苦受难的考验，要不顾一切地抓住机会，竭尽全力做好它，并接受艰难的洗礼，便会成为生活的主角，拥有光辉的未来。

名人智鉴

鸟随鸾凤飞腾远，人伴贤良品自高。名人、成功人士的背后，必然有其与众不同之处，没有轻易的荣耀，谁也不会随随便便成功。学习名人的做事为人，借鉴成功人士的执着坚守，对我们的成长定会有所裨益。名人的思维、眼光、胸怀、德行等，是一根根无行的线，牵引着我们朝着正确的目标前行……

吴冠中，一生不负丹青

他把心埋进土地里，把对故乡山川的眷念之情寄予画幅中，使其与心灵共融生。

◎潘姝苗

看吴冠中的画，犹如欣赏一首唐诗、一阕宋词，那是一种阅尽繁华见真纯的意境。小而精致的运笔，简约洗练的线条，卓尔不凡的气势。在他的画中，静中有动、由近及远、浅处见深，零散间蕴含大气候，辽阔处遇见小惊喜，叫人在笔墨浓淡之间生出无限遐思。

黑、白、灰是江南的主调，也是吴先生作品创作色彩的基石。他将画与诗、家与船、水乡与渔村融为一体，使江南的名胜成为画中经常出现的主题。“我一辈子断断续续总在画江南……”西湖令吴冠中陶醉，使他非常眷恋，他在书中写道：“苏堤垂柳、断桥残雪、接天莲叶、平湖秋月……我几乎画遍了西湖的角角落落，春夏秋冬，浓妆淡抹总新颖。”

画廊济济，展览密集，许多画匠为争抢饭碗而标新立异，哗众取宠。外界的喧嚣并没有影响吴先生的画风，他坚持守望朴素的心灵，秉承有感而发的艺术创作，并振聋发聩地指出：“脱离了具体画面的孤立的笔墨，其价值等于零。”一语震惊画坛。的确，作为一代画师，吴先生的画秉承不染之风，轻灵飘逸，用笔极简。他画过一幅《阿尔泰山村》，尺寸在97厘米×180厘米。整幅画基本没有色块，尽皆线条构成，而且大多是黑线，配以少量红细线。他以为这些线表现了阿尔泰山的雄伟壮阔，层层叠叠，美不胜收。吴先生用线手法多样，以线条为主的作品还有《大江东去》《汉柏》等。比如《春如线》，美得一见倾心，令人窒息，大师不画红花，不画绿柳，而将黑灰错落的点和线渲染全屏，只是一些星点夹杂的红和绿啊，就像灵秀的春姑娘撒下织网，直把人间万物俘获一尽，置于苍茫无望间任其渐渐复苏。比如《轻舟远黛》，寥寥竹叶几笔舟线，一泼墨成一山河，岁月沧桑尽出其里，万千心事尽在其间。

在他去世前，有人曾提议以“东西贯中”办一个展览，并用这个特别的方式来回报吴冠中对故乡的热爱，但他大摇其头，以自己还没有达到这个水平拒绝了。画如其人，不媚俗，不流于浮华是吴冠中的人品。吴老这一生清心寡欲，虽然作品在国内外市场频频拍出数百万美元、上千万人民币的高价，却并未抬高他对生活的欲望；尽管他向社会捐赠了数百幅价值连城的名作，自己却居住在只有几十平方米的小屋里。一次讲座，新加坡著名摄影师蔡斯民拿出了一组绝版照片——“吴冠中毁画”。从未曝光过的图像讲述着吴老把两百多张作品撕掉的故事。回想那段场景，蔡斯民仍心有余悸：“我在旁边看得真是心惊肉跳，这一张就是一百万元哪！”晚年的吴冠中，曾作为当时中国健在的画家中身价最高者，一次又一次地成为公众关注的焦点。2010年6月，在北京翰海举行的春拍会上，吴冠中的油画长卷《长江万里图》拍出了5712万元的高价。

吴先生的画是一部书，他的一生何尝不是一部耐人寻味的读本。自传《我负丹青》云："身后是非谁管得，其实，生前的是非也管不得。"一代大师做了一辈子丹青，却拒绝市场的规则，他觉得绘画不在技巧，内涵最重要。"我不该学丹青，我该学文学。"他梦想成为鲁迅那样的文学家，从这个角度来说，"是丹青负我"。大师勤勉写生，始终不满于己，他说他的画并没有画好，逼仄于许多感情而无法以画笔来表现，由此声称，"下辈子不当画家"。

老子云："人法地，地法天，天法道，道法自然。"优秀的艺术家莫不将自我融于自然，在汲取天地之精华中颐养书画。吴冠中先生一生不负丹青，他把心埋进土地里，把对故乡山川的眷念之情寄予画幅中，使其与心灵共融生。

让自己沉十年

真正的成功要学会沉下去，沉得越久，将来才能飞得越高。

◎朱　晖

2012年2月，美国洛杉矶传来了一个举世瞩目的消息：中国建筑师王澍荣获2012年普利兹克建筑奖。这个奖项被誉为建筑界的“诺贝尔奖”，中国人从未摘取过，王澍的得奖，实现了零的突破。从此世界建筑殿堂上，在理查德·迈耶、贝聿铭、丹下健三等熠熠闪光的建筑大师姓名之后，将镌刻上一位中国人的姓名。

王澍的横空出世，一方面令人欢欣鼓舞，另一方面也发人深思。为什么在欧美处于绝对权威的建筑界，王澍能够异军突起，赢得广泛赞誉呢？业内专家评价王澍：“他的作品扎根本土，并展现出深厚的文化底蕴。”正是这种中国特色，反而令世界眼前一亮。如今，王澍在国际舞台可谓意气风发，鲜有人知的是，他曾一度沉寂十年。

王澍，1963年出生于乌鲁木齐市，1981年考入南京工学院（现东南大学）建筑系。学生时代的王澍，颇富才华却桀骜不驯。有一次，他在街上摆了两个油桶，自称“装置艺术”，而这一惊人之举，招致了行人的不安，还惊动了警察。警察当然不理会他的所谓“艺术”，责令其迅速拿掉，后来还是导师齐康教授及时赶到，才化干戈为玉帛。毕业论文答辩时，他将论文题目贴满墙壁，齐教授劝他：“你这样贴出来，小心论文通不过呀。”他不听，反而口出狂言：“如果说中国有现代建筑师，那只有一个半，半个是我导师，一个就是我。”这句话得罪了不少评委，所幸齐教授背后力挺，答辩才得以顺利通过。齐教授之所以特别器重王澍，关键在于欣赏他身上的两种特性：一是不注重利益，对专业热爱；二是勤于思考，不人云亦云。齐教授认为，王澍天赋异禀，假以时日，应该是有大成就的人。因此，在毕业前夕，师生二人进行了促膝长谈，齐教授特别叮嘱他：“切忌急功近利，要守得住寂寞，多思索，多体验，厚积而薄发。”

能够恪守师训其实并不容易。王澍毕业后，进入浙江美术学院研究所，从事建筑、环境的研究工作。当时，改革开放大潮汹涌，全国各地大兴土木，建筑师在市场上十分走俏，很多同学抓住机遇，获得了不菲的收入，而王澍却远离闹市，日复一日地与图案和文字为伴。这期间，他把主要精力用来夯实自己的文化底蕴。他熟读康德的《形而上学导论》，默背《世说新语》，从白居易、李渔等传统诗词中获取营养，去感知那已远去中国的美，把对文化的理解融入设计理念中。他时常感到，内心有一个声音在召唤他——去承袭与发展华夏建筑的独特韵味。那段日子，不断有朋友劝他：“现在有很多项目很赚钱，你竟然还闲在西湖观风景。”王澍思想挣扎过，但想到导师的教诲，想到自己的志向，他坚守了下来。

“当大家拼命赚钱的时候，我却花了很多时间来反省。”王澍后来回忆说。在心性的滋养中，王澍渐渐形成了自己的建筑观，“在做一个建筑师之前，我首先是一个文人，建筑只是我的业余活动。比建筑更重要的是一个场所的人文气息，比技术更重要的是朴素建构手艺中光辉灿烂的语言规范和思想”。

转眼几年过去了，中国的城市化进程提速，西方建筑思潮和模式让很多国内建筑师顶礼膜拜，一味地“崇拜外国、排斥民族”的浮躁之风盛行，传统建筑精华与美学尽遭遗弃。对此，王澍颇有微词：“在中国，有很多美丽的城市，然而他们把一切都破坏了。他们建造起宽阔的道路系统，每一个街区都给开发公司建造高层住宅，把纽约、洛杉矶、拉斯维加斯融合在一起，那就是上海。”王澍希望能有所作为，摩拳擦掌地想出山，但齐教授的话再次在耳边响起。他暗暗咬牙坚持，既然火候还不够，那就再沉几年。就这样，在他毕业后的整整十年里，他没有建一座房子，放弃了很多唾手可得的赚钱机会，而是一直扎根于文化的吸收与探求中，扎根于最基本的实践与探求中。这期间，他常常与工匠们在一起工作，在真实的建造中获取经验；充分发掘建筑材料的可再利用和经济实用性，从各地的拆房现场收集了七百多万块不同年代的旧砖弃瓦。这些积累终于成就了《瓦园》的惊艳出世。2006年威尼斯双年展上，他用六万片旧城拆迁回收的青瓦、三千根竹子，几乎在全手工的状态下造出一个八百平方米的建筑。独特的建筑风格一经推出，立刻引得啧啧称奇、阵阵喝彩。《瓦园》的成功，令王澍声誉鹊起，同时也更坚定了他的建筑理念：扎根本土，将中国传统的山水、自然元素融入现代建筑。

此后，王澍一发而不可收，苏州大学文正学院图书馆、中国美院象山校区、宁波历史博物馆等系列经典建筑相继问世。真金不怕火炼，这些作品，渐渐拉开了世界的眼帘，让西方的建筑权威毫不吝啬地将“建筑奥斯卡”破天荒地颁给了中国人。得知自己获奖后，王澍表示：“我突然意识到那沉寂的十年多么重要，看来真诚的工作和弥久的坚持一定会有某种结果。”

当今中国，无论创业或者学术领域，无数人都在追求速成，寻找成功的捷径，处处充满浮躁。王澍的成功或许提示我们，真正的成功要学会沉下去，沉得越久，将来才能飞得越高。

杨丽萍：孔雀开屏需要的放弃与坚持

她的舞很纯很纯，离现实的炊烟很远很远，却离我们心灵所渴求的东西很近很近。

◎风青杨

一直以来，人们将这位从深山里走出来的神秘舞蹈家称为“巫女”——一位善于用肢体说话的女人。她坚持舞蹈的原生态和自己对舞蹈艺术的理解，台湾及东南亚的观众更称她为“舞神”。这位从云南深山里走出来的白族女子，完全可以凭《雀之灵》《两棵树》等作品，满足于“中国当代知名度最高的舞蹈家之一”这个角色。但之后，她却倾尽全力制作《云南映象》，将一群普通人推上舞台，让原生态歌舞一度成为舞台热潮。

十三岁以前的她，还是云南一个山村小镇里光着脚丫到处拾麦穗儿的乡下小姑娘，在洱海之源过着艰苦而又不无乐趣的童年生活。那时的她，和村里的其他孩子一样：放牛、种地、拾麦穗儿……没有人会想到，十几年后的她摇身一变，成为中国舞台乃至世界舞台上最为绚丽的一只孔雀！她向世人上演了一出现代灰姑娘的经典故事。已经五十多岁的她，在头上顶着如此多的荣誉与光环之前——在“孔雀开屏”之前，是如何选择和取舍自己的人生的？

你能放弃什么

从行为处世来看，杨丽萍很有点儿遗世独立的味道：她很少哭，很少出席社交活动，言谈中很少使用“最”“十分”“好极了”之类带有强烈感情色彩的字眼。然而，没有人会轻易用“无情”两个字去形容这位舞蹈家。人们相信，如果不是对于自然的爱，杨丽萍的舞蹈不会经常地传递出天地间的自然生息；如果不是对于生命的爱，杨丽萍的舞蹈如何流淌出丝丝入扣的生命律动？

当有人问杨丽萍：“你是为了舞蹈才不要孩子的吗？”她回答说：“有些人的生命是为了传宗接代，有些是享受，有些是体验，有些是旁观。我是生命的旁观者，我来世上，就是看一棵树怎么生长，河水怎么流，白云怎么飘，甘露怎么凝结。”年轻时，她就和妹妹她们商量不要生孩子了，那时候她还是真想做母亲，后来还是登台跳舞的想法占了上风。因为生孩子肯定会脂肪堆积，她说，没人要看一只胖孔雀吧。

2002年，杨丽萍开始创作《云南映象》，为试水商演做准备。投资方原本想要一台取悦游客的晚会，而杨丽萍却从田间地头招来一批农民上台表演，自感看不到商业前景的投资方临时撤资。杨丽萍拿出自己的积蓄，卖掉了在大理的房子，并开始走穴、拍广告赚钱。终于熬到首演的日子，“非典”疫情又突然袭来，所有演出被迫停止，债权人纷纷找上门来……不久云南政协改选，领导来找她，希望她能加入，有个岗位等着她。她迟到了好久，来了就问：“这个职位要开会吧？开会我不能干。”领导当场就变了脸色。

你能坚持多久

杨丽萍有一句名言：“他们是跳舞的，我是跳命的。”她不能忍受作品哪怕有一丝的不完美。为编排《云南映象》，她曾用一年多时间走遍云南采风；创作《藏谜》时，她也曾多次深入藏族群众聚居区。杨丽萍毫不掩饰地说：“我认为自己是一个有艺术品位的人，并且敢于创新。”多年的演出经验使她非常了解演出商和观众的需求，哪个地方该起掌声，哪个地方该有惊叹声，她都会站在观众的角度，一个细节一个细节地去抠，“气氛掉下来了都要改，不精彩的就要拿掉。”在表演时，她要求每个演员都要使劲儿，每个动作都要做到位，以至于曾有剧场负责人担心舞台会被震塌。

杨丽萍是一个特别在意自己形象的女人！她近乎苛刻地维护自己的美丽。一次访谈时她曾说：“我有一套孔雀舞的服装，显不出我的身材来，我一直不满意。于是，我就不停地要求设计师做修改，改到连设计师都哭了。最后，直到我上飞机的那一刻，她才把修改好的服装送到我手上。”对于“爱美”这个问题，杨丽萍自己认为是“死磕”，但是很多人却说这是她对艺术要求完美的态度。

但我们知道，坚持完美的人，往往要付出更多的心酸与努力。譬如孔雀舞之于杨丽萍。少数民族，贫穷与受歧视的童年，离异家庭，从未接受过任何舞蹈训练……这就是杨丽萍走向舞蹈人生最初的“资本”。杨丽萍式的舞蹈风格，最大胆和成功之处在于她将舞蹈中原本动态的艺术表现形式，转化为静态的，而且她的舞蹈风格又大多源于自然和真实的生活。而在她从事舞蹈的前二十年，这些是不被认可，甚至被排斥的东西，她承受着从老师到同学的各种压力。为了坚持自己对舞蹈的理解，她选择了自费去搭建属于自己的舞台……

真性情者，艺术即人生

杨丽萍说，跳舞从来不是她争取鲜花或掌声的手段，她从没想过要用舞蹈换取什么，对她来说，舞台甚至不是个表演场所，而是进行个人仪式的圣地。杨丽萍的舞很纯很纯，离现实的炊烟很远很远，却离我们心灵所渴求的东西很近很近。她的舞总是和“灵”“魂”有关，借助人们熟悉的意象来表现人的内心境界、空间、梦想和意识活动，等等。

她说，村子里的人都喜欢跳舞，婚丧嫁娶、种收庄稼、祭祀神灵等无不跳舞，她自然也从小跟着祖辈、父母一起跳。她喜欢观察大自然，看云朵如何变化、孔雀怎么开屏、蜻蜓怎么点水……有生命的舞蹈，离人很近，它会像树一样生长，像河水一样流淌。杨丽萍浑身散发着一种大自然的味道。

杨丽萍常说，如果不跳了，她会回归自然，找个地方安安静静住下来。“外面有山，有水，有农田和民居，岛上有人捕鱼，有人织布，还有人在大榕树下晒太阳……”隐，是一种恬淡的生活态度。而只要有一颗隐者的恬淡之心，又何必在乎所司何业，哪怕是身处常常被人为搅得嘈杂的舞蹈艺术界？杨丽萍就是这样。不作秀，不招摇，在舞蹈之外，一切都宛若常人。

冯小刚在微博中说：“看了春晚，人来人往没看全。印象深的首选杨丽萍，她不是人，是精是仙。”“是精是仙”，仅此四字，把杨丽萍的《雀之恋》点评得恰到好处，多一字则太赘，少一字又太简。犹如苏轼把西湖比西子，淡妆浓抹总相宜。孔雀、树、春雨，还有精灵……想起她的时候，就会有如此之多的联想，每一项似乎都带着不食人间烟火的味道。可是她，却又确确实实是凡间的一个女子，一如你我他。

刘洋：盛开在蓝天的玫瑰

苦累是经，坚持是纬，而沉静是人生经纬上的宝贵珍珠，在每一个困难时刻，熠熠生辉。

◎陈志宏

十九岁那年，她以好奇之心打下人生第一根桩柱，给巍峨大厦浇注第一次混凝土。

那一年，空军第一次在河南面向高中毕业生纳新，她经老师的推荐，也去报考，过五关斩六将，顺利过关。父母拦住她："女孩子当飞行员太苦了，也很危险，还是不去吧。"刘洋屡屡劝解，一再坚持自己的主张。

沉静的她对父母劝说道："没事啦，我喜欢在蓝天上翱翔……"父母没有再行阻止，刘洋成了省里第一批当上飞行员的女孩儿。

儿行千里母担忧。母亲得知她要高空跳伞降落，一颗心被揪得紧。刘洋沉得住气，像没事似的对母亲说："不就是跳伞吗？没问题，安全得很，何况有教员在，我们很放心。您就放心吧。"她跳伞了，而父母在家担心了一天。直到她的电话打回家，才缓解了紧张，悬心落地。

这一次，给刘洋印象深刻，远在家乡的父母时时刻刻在担心着自己呀。为了不让父母担心，与家人联系时，报喜成了主旋律。训练再苦再累，自己咬牙坚持，讲给父母听的时候，春风化雨，像没事似的。

苦累是经，坚持是纬，而沉静是人生经纬上的宝贵珍珠，在每一个困难时刻，熠熠生辉。

经过四年航校的专业训练，刘洋被分配至素有“女飞行员摇篮”之称的航空兵某部。

一次经历，让战友对刘洋的沉静，不由得竖起大拇指。当时，刘洋驾战鹰进行仪表测试飞行，离地十米左右，刚一发出“收起落架”的口令，便看见一股鲜血直喷到挡风玻璃上，刹那间，机舱内弥漫着一股焦煳味。凶险随机而来。她凭直觉判断，鸟撞上飞机了。面对危机，她异常镇静，与机组人员协同作战，硬是将飞机成功着陆。下机检查发现，十八只信鸽撞机，有两只被吸进了飞机的吸气管道。

一颗沉静的心，一种执着于蓝天的毅力，孵化出对飞行对蓝天异乎寻常的天才般的灵敏。故而，“神舟九号”飞向太空挑选两名女航天员的时候，刘洋凭借自己的坚持，成了首选女航天员。

刘洋素来喜欢朗诵，口才很好，曾在一次英语朗诵大赛中深情地吟咏道：“要坚持到最后/推开窗外/就会发现你的玫瑰正在盛开……”是啊，沉静之心，坚持之姿，让刘洋成为一朵盛开在蓝天的玫瑰，花香满天宫。

神女已养成，当惊世界殊。

马岩松的鱼缸

从今天开始，你们要忘记任何人曾经在这里说过什么，只要相信自己就好。

◎朱春学

马岩松在耶鲁学建筑时很受触动。授课的建筑界大师们不仅肤色各异、语言不同，对建筑的观念也千差万别。前一堂课老师讲的东西，后一堂课就被另一位老师彻底推翻，老师之间也经常大声争辩。

毕业典礼上，校长严肃地说："从今天开始，你们要忘记任何人曾经在这里说过什么，只要相信自己就好。"马岩松默默地点点头。毕业后，同学们大都到薪水高的大公司工作，他却跑去大师扎哈·哈迪德的事务所，做报酬微薄的实习生。

2004年回国后，他开了间工作室——北京MAD建筑事务所。同行们都忙着到处出差、满大街盖楼，他却决定埋头去参加国际竞赛、竞标。他过得很寂寞，虽然毕业于美国名校，自己也雄心勃勃，长达两年的时间里，却始终没有房子盖，甚至遭遇了银行账户只剩下几百元的窘境。

那段日子，他天天到大街上瞎逛。有一回，逛到一个鱼摊儿上，是卖金鱼的。他瞅着那些金鱼摇头摆尾，游得挺欢，就想如果天天看着，也许心情会改善很多。正好办公室也没鱼，缺点儿灵性，干脆买几条回去。鱼贩还挺“仗义”，送给他一个免费的鱼缸，玻璃的。

从此，每当工作劳神的时候，他就喜欢去看那几条金鱼。一开始还觉得它们挺自在的，后来他就发觉不是那么回事儿。他觉得那些鱼在里面其实非常迷茫，有时候还撞在玻璃壁的角上。金鱼常常磕磕碰碰，马岩松觉得挺心疼。心想，这个鱼缸肯定不是给这些鱼设计的。想到这儿，他突然心血来潮：现代建筑不也一样吗？它们在城市里也不是为人设计的。人住在里面，都是“被设计”的，都是“被选择”的。脑子里似乎有一道闪电倏然划过：他要设计一个新鱼缸，为这些可怜的金鱼造一所房子！

说干就干，他要把金鱼的房子作为工作室的第一个设计项目。从那时开始，马岩松每天都很充实，仔细观察金鱼在里面怎么活动，并认真记录下它们活动的轨迹。很快，他的第一个作品——金鱼的房子就设计出来了。

原本单调的鱼缸，多出来很多复杂的空间，把水放进去，就变成了一个鱼的世界。尽管金鱼不说话，但看得出来，它们比以前畅快多了。正巧当时马岩松率领MAD参加一个建筑展，但没有什么建筑好展示，就展了那个金鱼的房子。展出的时候，他还在鱼缸底下放了两个小人儿，寓意不凡。

这个概念化的展品，引起很多人的注意。的确，鱼在这个世界的地位，就好像一个一般人在城市中的地位差不多。这个小玩意儿立刻让人记住了马岩松。

2006年的加拿大建筑竞赛上，年仅三十岁的他以“梦露大厦”一举成名。2008年，被ICON杂志评选为全世界二十位最具影响力的青年设计师之一。作品“红螺会所”和“胡同泡泡32号”，被英国伦敦设计博物馆分别提名为2009年度以及2010年度设计奖……

成名后，他常常想起那个为金鱼造的房子，想起耶鲁校长的话。

左手长剑右手书

长期的学习还使得雷声的眼界变得开阔，胸怀变得宽广，思维变得敏锐，心态变得平和……

◎苇　笛

2012年8月1日凌晨，伦敦的EXCELLE体育馆内座无虚席，人们等待着男子花剑决赛选手雷声与阿波尔卡西姆的巅峰对决。

万众瞩目中，比赛正式开始。只见剑光闪烁、你来我往，雷声在开局后频频得手，比分从四比二到八比四一路领先。然而，就在双方战成十比七时，阿波尔卡西姆抗议雷声刺剑不符合标准，而裁判接受了他的抗议，给了雷声一张红牌警告，并且改判比分。如此一来，阿波尔卡西姆反而追成八比九。此后，双方打得难解难分，比分交替上升，一直打到十一平。

接下来，真正的决战打响了，阿波尔卡西姆一剑命中，以十二比十一领先。雷声主动发动进攻，对手防守中反击得手，雷声以十一比十三落后！

危急关头，雷声没有急于求成，而是突然叫停请求换剑。获得裁判允许后，雷声利用这一宝贵的时间，调整自己的心绪，寻找自己的出路。再回剑道后，雷声大叫一声之下，扳回一剑；接着，双方相互刺中，裁判判雷声得分！关键时刻，雷声再度出手刺中对方，以十四比十三领先。

最后一剑，阿波尔卡西姆两刺未中，雷声回击未果。现场热浪在升腾，就在两剑擦出火花的那一刻，雷声一剑封喉！十五比十三！裁判看了一下录像，果断地判罚雷声刺中。——那一刻，雷声的名字被刻进花剑发展的历史中，他以自己的出色表现，打破了欧洲人在奥运会上长达一百一十六年的垄断。

对于此次夺冠，人们普遍将之归功于雷声高超的剑术；殊不知，在他的夺冠之路上，他手中的书本起到了巨大的作用。

雷声出身于教师之家，受父母影响，自幼就热爱读书；但练剑之后，学业荒废了一段时间。北京奥运会上，雷声未进四强，他强烈感受到文化知识的缺失影响自己竞技水平的提升。于是，雷声开始寻找求学的机会。

2009年，恰逢北大进行自主招生，雷声提出了希望到北大学习的要求，广东省、广州市的领导都很支持，王海滨教练尽了最大的努力，雷声最终如愿以偿。就这样，雷声成了北大新闻学院的一员。

初入北大，雷声很不适应，两个小时的课程，他只能集中注意力三十分钟，一节课上完，雷声感觉简直比打一场比赛还累；但无论多累，雷声都按时听课。渐渐地，雷声适应了大学生活。

对于学业，雷声极为重视，没有比赛的日子里，雷声每周有四天到学校上课。而在外出比赛无法上课的情况下，雷声就让同学帮忙录音、录像，回来后再补抄笔记，很多作业都是在国外完成的。凭着自己的认真与努力，雷声在学业上取得了优异的成绩。

长期的潜心学习，使得雷声的文化素养日渐浓厚；与此同时，雷声能够从更多角度和视野去感悟他所从事和热爱的击剑运动；这一切，无疑大幅提高了雷声的综合素质。比如，以前分析问题时，他更侧重于单个技术的分析，但在系统学习之后，他就能更加全面、更加系统地分析问题，从赛前准备、战术分布甚至会从食品补充、水分补充等方面去全面分析，能很快找到自己的不足；一些在赛场上解决不了的问题，雷声在学习的过程中，通过思考，就想通了。如此一来，雷声进步神速。

除此之外，长期的学习还使得雷声的眼界变得开阔，胸怀变得宽广，思维变得敏锐，心态变得平和……所有这一切，都让雷声在比赛中获益匪浅。比如此次伦敦奥运会决赛中，在受到裁判红牌处罚的情况下，雷声及时调整了自己的心态，让自己全心投入比赛之中。可想而知，若没有在北大多年的潜心学习，雷声很难拥有如此成熟而冷静、敏锐而细腻的心态；这份心态，正是雷声夺冠的基石。就这样，凭借左手长剑右手书，雷声一步步地登上了男子花剑的顶峰。

而今，奥运会已经结束，走下奥运领奖台的雷声，又将开始新的征程；左手长剑右手书，雷声还将笑傲江湖。

驴娃儿崔琦：甘为父母弃荣华

他宁愿是一个不识字的农民，宁愿为父母抛弃现今的一切。

◎史丽娜

有这样一个人，1939年出生于河南省宝丰县，家里很穷，乳名叫“驴娃儿”，从小哪儿都没去过，十岁前连自己的村子都没出过，每天要做的就是帮助父亲撒肥、锄地、浇水、养猪、放羊、割草、捡柴火。虽然父亲一字不识，但他有一名贤明的母亲，母亲坚持让他上完了高小，但村里没有初中，母亲绞尽脑汁打算让驴娃儿的三姐领他来到北京的大姐处，然后在三舅和两年前已到香港定居的二姐的帮助下去香港读书。这样的决定在当年是一件大事，而且驴娃儿父亲肩上的担子很重，且家里就这么一个儿子，已经能够做他的左右手，所以不愿放儿子走。但驴娃儿的母亲有更高的见识和期待，坚持要把儿子送出去念书。当时是1951年，家里太穷了，仅剩了一点儿粮食，母亲给驴娃儿做了几个馍装在小包袱里，然后从未出过远门的驴娃儿就跟着亲戚远走他乡，坐了几天几夜的火车到了香港。

十二岁的小驴娃儿到了香港，尽力克服语言交流不便及生活艰难等诸多困难，读书也很刻苦，但他强烈思念在河南家乡的父母，母亲瞒着生活的艰辛和驴娃儿父亲患病的消息，来信劝慰驴娃儿不要想家，好好读书求学才是对父母亲最大的安慰。驴娃儿在刻苦攻读之下，1957年在香港培正中学毕业；1958年，年仅十九岁的他赴美国深造；1967年在美国芝加哥大学获物理学博士学位后又到著名的贝尔实验室工作；1982年起任教授从事电子材料基本性质等领域的研究；1998年10月，瑞典皇家科学院宣布把1998年诺贝尔物理奖授予他与德国、美国两位科学家，表彰他们发现并解释了“电子量子流体”这一特殊现象；2000年，当年的驴娃儿当选为中国科学院外籍院士；2004年当选美国国家工程院院士；2005年被聘为中科院荣誉教授……

这个驴娃儿大名为崔琦，是继杨振宁、李政道、丁肇中、朱棣文等人之后，第七位获得诺贝尔奖的华裔。1959年“大跃进”期间崔琦的父亲去世，母亲没对他透露一点儿消息，之后九年，母亲依然独自忍受艰难，六十一岁高龄时还住在茅草庵，都没有对儿子说个“不”字，直至在艰难生活中寂寞离世。

著名节目主持人杨澜曾去美国采访了崔琦。杨澜问崔琦：“有没有想过如果当年母亲没有坚持把你送出来读书，今天的崔琦将会怎样？”杨澜当时期待的回答是，知识改变命运等等。但是当年的驴娃儿崔琦却说，他宁愿是一个不识字的农民，宁愿为父母抛弃现今的一切，因为如果他还留在农村，留在父母身边，也许父母就不会那么艰难……一席话，崔琦流下了热泪，杨澜和现场的外国记者、摄影师也泪流满面。

孝心无价。崔琦甘为父母弃荣华，真的是发自肺腑之言，也更加感人至深，令人唏嘘不已。

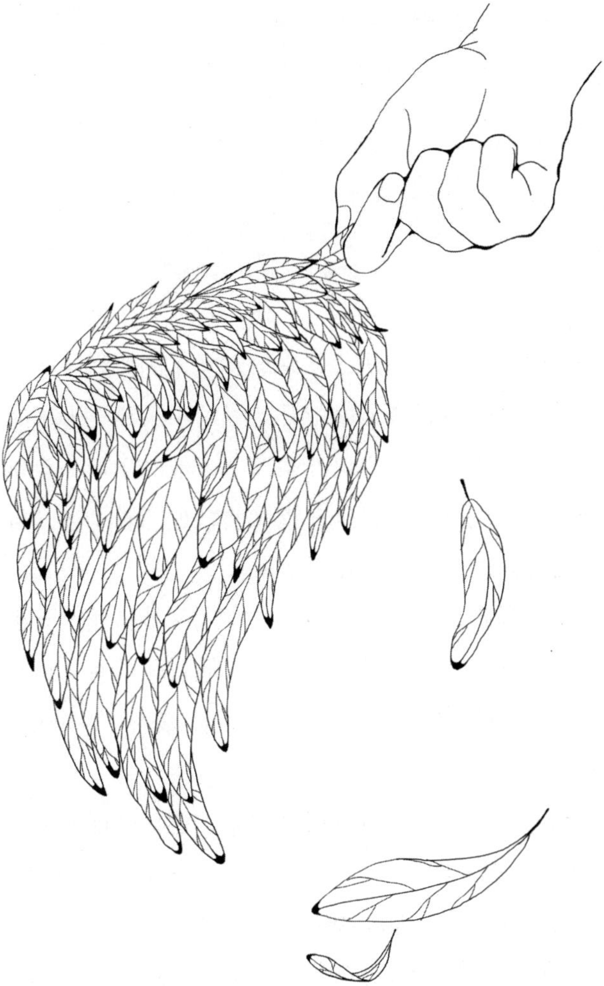

艺术不是“玻璃门”

一个钢琴家只有将自己美妙娴熟的琴声献给最广大的观众，其艺术才真正拥有巨大的生命力。

◎段奇清

李云迪1982年出生于重庆，从事舞蹈艺术的妈妈张小鲁发现了儿子的音乐天赋，四岁时李云迪就开始学习手风琴。七岁时，他转向钢琴的学习。在妈妈的精心培养教育下，他的学习一直都非常刻苦，每天都要练习钢琴，一旦坐在钢琴前就如同着了迷一样，不是妈妈反复催促他休息，他就是停不下来。

人们都说他是音乐奇才，因为在求学期间就斩获了无数国内外的钢琴大奖。2000年，在他十八岁那年，他就获得有“钢琴奥运”之称的第四届华沙肖邦钢琴比赛第一名，赢得“中国的肖邦”的赞誉。

少年成名后，他一发不可收拾。次年，他与全球最大的古典音乐唱片公司德国DG公司签约，成为与之首位签约的中国人。当年5月，通过层层选举，李云迪又成为“影响21世纪中国的一百个青年人物”之一。随后，他在国内外多次成功举办独奏音乐会。

然而，各种各样的荣誉让李云迪的心态发生了很大的变化，巨大的光环使得他有些迷失自我了。一天，妈妈见他用的是香奈儿，背的是LV包，戴着劳力士手表，就说："云迪，有人说你快玩物丧志了，你可要注意哟！"

李云迪却不以为然地说："我要的可不仅仅是名牌，我更看重的是那些名牌的底蕴。国外这些名牌之所以能有这么大的名气，实际上都因为它们有着深厚的文化底蕴和背景，把每一件产品当成艺术品来打造。人们不总说艺术是相通的吗？我使用它们就要在潜移默化中，让自己的精神境界得到提升。"

李云迪的精神境界从中并没有得到提升，而是坠入孤芳自赏，以致自恋泥淖中。他认为自己已经成了真正的钢琴大师，除了巡演，不再理会任何事，完全沉浸在自己的世界里。并且美其名曰：自己是在积累。

妈妈知道儿子已误入歧路，但一时又不知道怎样去说服他。后来，她终于找到了说服儿子的突破口。

那是秋天，一天，天突然刮起了大风，气温骤降，张小鲁要为在训练室的儿子送衣服。可儿子并不在训练室，她给儿子打电话，电话中李云迪告诉妈妈：自己和一位朋友在一家茶馆喝茶，切磋技艺。张小鲁到了他所说的茶馆，见妈妈去了，他赶紧起身迎接妈妈，却只听"砰"的一声，李云迪的头碰在了门上，原来那是一扇玻璃门。

妈妈很心疼儿子，可突然她心间不禁一动。回到训练室，妈妈说："云迪，刚才我仔细想了，你现在的情况就像在紧闭着玻璃门的房间里一样，人们虽说能看见你，可你却拒人于门外。这样，面对你的妈妈，你也难免要碰头，更不用说在面对别人的时候。”见儿子若有所思，张小鲁又说：“你总说你依然要积累，你想过没有，哪怕你的艺术修养再高，但你不能进入大众的心间，人们不能听到你的演奏，你这种修养又有什么意义呢？”

听了妈妈的话后，李云迪整整三天都把自己关在房间里，母亲的话在他脑海里不停闪现，他对所谓的提升修养第一次有了怀疑。第四天，当张小鲁再见到儿子时，李云迪神采飞扬地说：“妈妈，我想明白了：以前我一直沉浸在自己的世界里，认为这样才是全身心的投入。但我错了，音乐不是属于哪一个人的，是属于所有人的，只要有人的地方，就会有音乐，就会有艺术。现在我要做的，就是砸碎这块‘玻璃门’，置身广大的观众之间。”说到这儿，他深深向妈妈鞠了一躬，说：“谢谢妈妈！”

李云迪从此像换了一个人一样，从2010年到2011年的两年里，李云迪一心扑在了演出中，在与DG公司解约多年后，他又与古典唱片品牌EMI公司签约，并录制发行了《肖邦夜曲全集》。

2010年3月1日，在波兰华沙国家大剧院肖邦诞辰日音乐会上，李云迪担纲这场音乐会前半场的演出，并被波兰授予第一本肖邦护照。

2012年央视春晚上，李云迪更是一改以往浪漫含蓄的演奏风格，与著名歌手王力宏演绎了一曲激情澎湃的《金蛇狂舞》。这次演奏不禁让人们想起了当今最受人热捧的钢琴手郎朗。人们说，李云迪一度领先郎朗，但后来却被郎朗远远甩在了后面，如今他又能与郎朗并驾齐驱了。这让妈妈好不欣慰。

艺术是让人认识的，艺术不是“玻璃门”，而是“舞台门”，一个钢琴家只有将自己美妙娴熟的琴声献给最广大的观众，其艺术才真正拥有巨大的生命力。

心有依处

一个人无法孤独地存在，越成功越需要付出关爱。

◎青青子衿

不管是在互联网界，还是在娱乐圈，搜狐董事局主席兼首席执行官张朝阳都是一个出镜率极高的人。他行事高调，自称为“中国互联网有钱又有名的第一人”。然而仿佛突然之间，他淡出了人们的视线，即使在2012年中国互联网产业风云突变、面临生死存亡之际，也难觅他的踪影。直到2013年1月，张朝阳接受了杨澜的专访，才揭开了他长达一年半之久的“闭关之谜”。

原来，从2011年起，张朝阳患上了抑郁症，精神上的恐惧和焦虑让他甚至无法进行日常的工作和生活。为了摆脱精神危机，他不得不离开团队，去寻求救赎。

那么成功的一个人，著名互联网公司搜狐的创始人，中国青年人的创业偶像，长期占据杂志封面的明星企业家，怎么会抑郁了呢？连他自己也发出了同样的疑问：“我是真的什么都有，我就是想有什么都可以买什么，但是我居然这么痛苦！”一年多的时间，他苦苦寻找的就是这痛苦的根源。

从1998年搜狐开始风靡，张朝阳出名了，当时人们对他这个创业明星的狂热甚至超过了摇滚明星，所到之处都是热情如潮。1999年他去深圳宣传《数字化生存》的理念时，观众席上坐满了渴望成功的年轻人。在传媒业和娱乐圈，他也是极具人气，经常和明星大腕儿一起走秀红地毯，帅气的穿着打扮，隆重的推介，带给他的是一种深刻的来自社会的尊重和爱戴。享受荣耀的同时，也渐渐地让他对自我的认知失去了平衡，心中升腾着的是一个超级自我。

在那样的一种状态下，赚更多的钱，获取更高的社会地位，让自己更成功更伟大，成了张朝阳最迫切的追求，因为拥有了这些，才能让他更有气派。小飞机要换成大飞机，周末叫一帮朋友飞去巴黎喝杯咖啡，叫一帮俊男美女到三亚沙滩打打排球，品尝烧烤，听着音乐跳迪斯科，想干吗干吗，这才叫腕儿。

事实上，鲜花和掌声只是人们看到的表象，在张朝阳光鲜亮丽的外表下，他的创业之路走得分外艰辛。融资的悲惨，董事会的不信任等，都让他备受煎熬。“我的生活充满了竞争、危机和压力。远非外人所见的风光和得意，其中的艰辛和孤独只有一个人默默承受，没有人可以分担。”与董事会的内部斗争终于完结了。2006年开始，腾讯、百度、阿里巴巴等公司崛起，挑战搜狐的地位。2012年微博和微信开始风靡，用张朝阳的话说，“就像左右扇了我两个耳光”。而对于张朝阳这样一个从小就不拿第一受不了的人来说，后来者居上的超越让他觉得“非常不忿儿”，而反超无力又让他抓狂。

尽管内心煎熬，可表现出来的张朝阳就是“天之骄子”的派头，这其中有他事业成功由自信而升级的自负，还有周围人群及媒体的追捧。“这就滋养了我的虚荣和自我膨胀，我表面上很谦和，实际上非常傲慢，这种傲慢的尺度是我见过的周围的名人、明星所没有的。”

成功，只有成功，甚至容不得任何一个人站在自己的前边。唯我独尊的心态，加上高处不胜寒的现实，成为把张朝阳推入精神深渊的一只可怕的黑手。

现在，平静下来的张朝阳开始走进自己的内心，重新认识自己。他发现自己精神危机的根源，是过多地关注自己。他说：“人的心总要有个依处，你心有依处的话，比如说你有悲悯之心，比如说你这个慈悲和爱，你爱别人，关注别人。比如说小孩儿你会关注，其他人你会关注，这时候你对自我就会关注少一点儿。”

找到病因后的张朝阳变了，变得更谦卑、宽容、感恩，更接地气了。他学会了关注他人，他会跟他的司机聊天，他吃早餐的时候会跟服务员打听鸡蛋的价格，别人给他发的贺年短信他全回。“现在我发现，我们每天的工作不是为了赚更多的钱，我们的工作实际上是我们生命的存在。我觉得工作是很重要的，这件事是人生快乐的一部分。”

的确，一个人心的空间是有限的，装自己多了，就没有了放别人的地方。一个人无法孤独地存在，越成功越需要付出关爱，一颗有所依附的心，才会充实而快乐。

自由如莲徐徐开

当自由如莲花徐徐绽开的时候，相信芬芳定会溢满心田，装点灵魂的旅程，缩放生命的精彩，拥抱人生的圆满。

◎晨 阳

梁晓声说她的语言里有一种“脱口秀”的风格，是对语言的天生的灵气；《泰晤士报》说她是一位不凡的女作家，一个令人惊奇的故事；而她自己却说，她是一个极端自由的灵魂。

你知道她是谁吗？是的，她就是严歌苓。1957年出生于上海，从小生活在书香世家，阅读了大量的文学著作，受到了良好的家庭环境熏陶。当过部队文工团舞蹈演员、战地记者，在美国哥伦比亚大学读过艺术硕士，获得写作学位中最高的MFA学位，是好莱坞编剧协会会员，是大众眼中的“金牌编剧”，是中国作家协会会员和奥斯卡最佳编剧奖评委。

说起与文字的缘分，还要说起二十岁的时候。当时她是对越自卫反击战的战地记者，每天穿梭在硝烟弥漫的战场上，那些鲜活的生命不知何时消亡，那些伤员眼睛里充满着对生命的渴求，所有这些，都深深冲击着她的心灵，她心中充满了深深的震撼与感动，震慑与慈悲。她含泪写下了一些诗歌和短篇小说，在军区报纸上发表。1978年发表处女作童话诗《量角器与扑克牌的对话》。1980年发表了电影文学剧本《心弦》。

从此，她遨游在文字的王国里，创作了《残缺的月亮》《七个战士和一个零》等电影文学剧本和大量小说，如长篇小说《绿血》《一个女兵的悄悄话》《雌性的草地》等，多次在国内获奖，于是她成为中国作家协会会员。

然而，所有的辉煌都经由困苦的缔造，严歌苓也不例外。1988年，她初到美国，过着忙碌而辛苦的留学生活。你看，那个身影每天要读十四到十五个小时的书，每天要打工四小时赚取房租，每天还要读背英语，每天还要起床练功……特别是为了兑现对别人的稿约承诺，她常常写到想吐。那段时间，加之在异国他乡的孤独，身边一个亲人也没有，她很多次累到吃不下饭，也睡不着觉，特别是挖空心思的呕心沥血之作，还会被人讥笑为“雅不可耐，高不胜寒”，她陷入了悲哀与彷徨之中，无法自拔。要不要坚持下去？要不要突破？要不要创新？

偶然的一天，她看到一池的莲花，在微风中自由自在地舞蹈，不用去管荷塘有多大，也不用去管风吹雨打，更不用管有没有人欣赏，莲花依然洁净着，保持着那颗不被污染的心灵，自由自在。看着这平凡得不能再平凡的一切，她幡然醒悟，自由是所有生命的存在方式。一个作家，如果在意那些，将是多么可怕，身不由已就会失去自由。我要捍卫我的自由，让灵魂的自由如莲花一样徐徐绽开，芬芳心灵。

于是，她每天写作的时间，从早上9点到下午4点，把整个世界屏蔽在外面，绝对保持一种独立清醒的自由思考状态。出版小说《小姨多鹤》《第九个寡妇》《扶桑》等，特别是《金陵十二钗》《梅兰芳》《天浴》《少女小渔》《一个女人的史诗》等被改编成电影。获台湾“联合报文学奖长篇小说奖”“百万长篇小说奖”等。其中《海那边》与《人寰》被文学评论家评价为“零缺点小说”。

是的，她是个勤奋有“瘾”的华人作家，正因为她的潜心写作，正因为写作已经融入她的生命，正因为她有一双同情的耳朵，正因为她要求自己凡事要做就做到“登峰造极”，她的《伤口》被翻译为英、法、日、泰、荷、西等二十多个国家的文字。

随着张艺谋电影《归来》的热映，她的原著小说《陆犯焉识》销量猛增，而且她的最新长篇小说《老师好美》也受到了热烈追捧。有记者采访她，她说，写作不是一种工作，而是一种需要，一种内心对自由的追求。她会用自由的笔坚持在纯文学的道路上一直走下去，书写心灵的自由，书写灵魂的自由。

也许，自由是相对的，很多时候人是没有自由的，一个人的名气越大，他或她的自由就越少。但是严歌苓却用写作的方式向我们阐释了她心中的自由，因为文学给予了她灵魂最深处的快乐和幸福，起舞于文字的世界让她找到了归属感。只有写小说才能让她获得完全的自由，她是个“很有纪律的自由散漫者”。

其实，我们每一个人，在喧嚣的红尘中生活，往往有太多的限制，太多的规矩，太多的被迫，太多的束缚，使我们不自由，但是，我们的心却可以自由绽放，因为，真正的自由，是心灵的自由，是灵魂的自由。当自由如莲花徐徐绽开的时候，相信芬芳定会溢满心田，装点灵魂的旅程，缩放生命的精彩，拥抱人生的圆满。

李雁雁：洞亮命运的盲点

他用一双布满血痂的手指，触摸到生命的质地，从而洞亮了命运的盲点。

◎杨　达

其实，早在20世纪90年代，我就在当时的《九华周刊》上看到过对他的专题报道，知道他是一个求学海外的盲人留学生。而得知他已是学成归来的亚洲唯一盲人医学博士，则是在此次残联组织的报告会上。中等的身材，匀称而壮实的体形，色调明朗的着装，映衬着白净的肤色，整体散发出一种儒雅的文气。特别是那颗头颅，浑圆而饱满，面颊丰腴，庭宇开阔，属于常见的智慧型，或是骨相学所谓的福相。如果不是那副墨镜和那根盲杖的“告密”，你一定会认为他是一个养尊处优的达官或贵人。

说来有缘，两天半的报告会上，我们俩都是比邻而坐。车上与会后，也有过几次随意性的交谈。原认为盲人因目无所视会养成好静之性，但他的健谈颠覆了我的认知。他喜欢交流，而且很主动，对问题或事物的表述与阐释力求明白，特别是对地名与方位，还有许多的哪怕只有短暂交流的人，他都记得很清晰。由此可见他卓越的空间感与记忆力。这也许是他独特的生活经历与艰辛的学习生涯所训练出来的一种异能吧。

以上是我对他的一点儿粗浅的印象。说实话，听他的报告，尽管几乎每场谈及他的苦楚，特别是说到他的母亲，他都会泣不成声，或哽咽难言，台下也有人拭泪，但我并没有多少触动。对于苦难与辛酸的感受，我们都已曾经沧海，心似乎早已叠痂成茧。再说，在黑暗中生活了近三十年的过程，能用三十分钟的演讲道尽其中的悲情沧桑吗？

所以，如果他不赠我他的那本自传，我不能说，我对他有什么了解。因为了解不同于印象。了解是一种深度的认识，那是需要用心去体认，去交融，去共振的。

我是用今天一个下午的时间读完了《逆境》。这些年来，我几乎没有过这样投入的阅读了。尽管我不赞同《逆境》这个书名——因为在时光的长河中每个生命都是顺流而下的，命运也为每一个生命都设置了或大或小的障碍，也许我们这些特殊的个体“偏得”多些、重些，所以我觉得这个书名缺乏了一种个性，因为每个人的命运都是独有的，何况还是自传。——然而这并不影响我在阅读过程中以及读完之后那来自心底的震动。

是的，震动，因为我听到了一颗心灵发出的最真实的声音；我看到一双没有一丝光感的眼睛，是怎样在黑暗中“看到了”光明。

一个后天的盲人与一个先天的盲人在痛苦的感受上是大有不同的，只在于他（她）曾经看见。是的，他看见过这个世间的光色与形物，他看见过自己挚爱的亲人，他看见过湖南大学的录取通知书，以及从这张通知书上振翅起飞的远大的理想……然而这一切，在一个不可预知的日子里，像他七岁时猝然离世的父亲那样，在他的眼前突然消失了，就像一个舞台演员，正表演得兴致勃勃，突然间所有的灯光消失，场景消失，那是一种怎样的恐惧？我是没有体会。我也相信所有没有相同“身受”的人是无法与之“感同”的。从此，脚下的路与心中的路一片浩茫。不走了吗？人生到此就停步了吗？可腿脚还是有力的，心，还在跳动。可路在哪里？路，在哪里？能走不走的生命，形同坟墓；想走却走投无路的生命，无异囚徒。他被命运抛置在一个不着边际的盲点之上。

然而终究要感恩上天。他因一个“必然”的理由为我们关上一道门，同时，也用一个“偶然”的方式为我们打开一扇窗。所谓天无绝人之路，正是上天仁慈的明证。而一切怨天之言、尤人之气，不过暴露了人性的狭隘与愚昧。我们没有理由证明自己不应遭受不幸，正如我们没有理由证明自己一定得到幸福。何况，没有了“不幸”的比照，“幸福”将如何定义并存在？

而他的那扇“窗”是这样“偶然”开启的：他的一个朋友从广播电台听到美国海德里盲校在中国福州开办分校免费函授英文。正是这一个“偶然”，使他用令人难以置信的速度仅三天的时间掌握了认读汉、英盲文的方法，进而学会了从手工锥刺到机器打字的盲文书写。这其中的辛苦在这里可以忽略不写，我想说的是，当他的手指触摸到盲文的第一个凸点时，他就已经触到了一个崭新而辽阔的世界。从此，他的人生正是从这第一个凸点出发，跨出国门，东渡扶桑，西达美洲，从日本盲校走进世界一流的医学院校——美国帕默整脊大学，当他再走出这所学校时，已是另一重身份——亚洲第一位盲人医学博士。

即便是宦富子弟，有着强大的人脉和财富支撑，做出这样的成就亦属不易，何况他出身贫寒，仅凭着一种信念，“盲目”地深入不同语言、不同文化、不同习俗的异国他邦，除了对自身各种能力的坚定自信，还有什么可以依靠？（当然，这其中也少不了世界很多慈善机构与人士对他的各种襄助）而撑起这份自信，需要多大的勇气与毅力？一个生命的枯朽与蓬勃，沉落与升华，渺小与伟大，卑贱与高贵，除了道德的基准，我想也是由此为测度吧。

而这一点儿，正是我所感动的。相对于他所获得的那些荣誉，这才是一个生命本质的体现与价值，也是一个个体的生命对人类精神的伟大贡献。

从这个意义上来说，我们不能称他为盲人，他用一双布满血痂的手指，触摸到生命的质地，从而洞亮了命运的盲点，看到了“光”——照亮了他生命的“创世”之“光”！

于是，正如他的名字——李雁雁所昭示的，他在飞翔，向着光明飞翔！

默克尔的“稍后”学问

这是一个不会为任何事情左右思维的人，如果她认为此刻应该沉稳，她绝对可以在钓鱼台上石化。

◎陈柏清

英国首相撒切尔夫人以铁腕主政英国十一年成为史上最强势的女性，可是2013年9月这个魔咒被破解了，是何人如此强悍，超越了鼎鼎盛名的撒切尔夫人？这个人有三头六臂，抑或美貌绝伦？答案为否，她既非神人又没有旷世美貌，甚至有些反应滞后，“婆婆妈妈”，被人笑称“大妈”总理，这个人就是德国总理默克尔。

四十年前可没人认为默克尔会成为带领日耳曼人跨出经济危机的人，当她还是一个小姑娘时，同学和老师对她的普遍评价是木讷、谨慎过度、平淡无奇。这个孩子在十二岁练跳板的时候，甚至能穿着泳衣站在跳板上，盯着水面，不后退，也不起跳，在众目睽睽之下就那么站上四十五分钟。这情景让教练不解，旁边观战的人也一脸迷惑。这个孩子站在那里到底在想什么？多年之后，默克尔向媒体谈起这件事，她诚恳地说，自己是个遇到困难需要很多时间做准备的人，当感觉自己有了勇气、有了信心，才下决心操作。

这个时代的经济高速发展，人们在强大的物质面前被冲击得异常浮躁。话题全是资本运作，人们总是对一些不着边际的发财之道津津乐道。德国也一样，在经济全球化大背景下，很多人迷失了自己，大家太愿意快速做决定，赚快钱，生怕慢了一步就被淘汰。默克尔看穿了这一切，她反其道而行之。在人们夸夸其谈的时候，她选择务实；在人们快速做决定的时候，她选择沉稳的慢半拍；在人们都追赶时代潮流和风尚时，她选择冷静。

美国在2013年绝对称得上是多事之秋，阿富汗撤军、经济倒退、政府关门，还有沸沸扬扬使美国深陷舆论旋涡的斯诺登。随着黑幕揭开，人们竟被告知他们敬爱的默克尔的电话居然也被监听，这绝对严重伤害了日耳曼人的骄傲和自尊。欧洲的媒体当即炸开了锅。《世界报》添油加醋地说："这简直是一颗外交炸弹！"《南德意志报》更是在头条评论此事说："这是德国人能想象的最大耻辱！"当全世界都希望默克尔做出激烈反应时，这位有勇气带领德国人走出经济阴影的女子只是表示说自己很生气，她正在与法国总统奥朗德讨论美国这种做法并协调他们的反应。这是一个不会为任何事情左右思维的人，如果她认为此刻应该沉稳，她绝对可以在钓鱼台上石化。

也许正是这种超乎常人的沉稳和独立思维能力，使整个欧洲都为债务危机而焦头烂额时，德国却一直在默克尔的带领下保持经济稳步发展，没有受到任何影响，就如默克尔本人所说，德国将以最强大的姿态走出这场危机。而且默克尔说到做到，在她的两个任期内，德国失业率从11.7%降到6.8%，人均薪酬上涨了3.6个百分点。

整个欧洲都愁眉不展，德国人却在默克尔的带领下欢欣鼓舞。

2013年9月的大选中，默克尔没有高谈阔论，只是一些贴心实惠的话语，这使德国人觉得她更像母亲一样给人以安全感，没有夸夸其谈，只有悉心守护，守护德国的民众，守护德国的经济，守护德国这片乐土。这使德国人感到踏实，感到安全，所以德国人形容她更像称职妈妈，他们亲切地给她起了个别称“Mutti总理”。Mutti在德语中是对母亲的称谓，Mutti就是照顾你，在你不安时给你做好吃的，在你害怕时握住你的手。从这个意义上说，默克尔为经济动荡中的德国人提供了安全感，真的像一位母亲。

郑渊洁挑战挫折

无论别人的嘲笑如何让自己尴尬，不管过去的遭遇怎样令人心灵痛苦，最终讽刺与挫折都是宝贵的财富。

◎杨兴文

读小学的时候，老师出作文题《我长大了干什么》让全班的学生写，别的同学写的几乎都是远大理想，郑渊洁干脆另辟蹊径，选择的职业很极端，说自己长大了要做淘粪工人。

老师看见之后，顿时觉得郑渊洁有思想，就将他的这篇稿子推荐给编辑部，果然很快就在杂志上刊登了。写命题作文的经历，让郑渊洁觉得自己是全班同学中作文写得最好的学生，从此以后他开始喜欢写作。

小学没有毕业，郑渊洁就辍学。待在家中的日子，往往无事可做，郑渊洁便去工厂看水泵，每个月领四十元工资。工厂打了一口井，为全厂提供生活用水，郑渊洁的职责是开启水泵，将井里的水抽上来输入工厂每个卫生间、食堂以及澡堂。

在工厂看水泵期间，每当感到无聊的时候，郑渊洁就会拿起笔写几句自由诗，最初他写东西的目的不在于投稿，而在于打发时光，纯粹是娱乐而已。

后来郑渊洁挑选两首诗随便投出去，让他没有想到的是竟然在杂志上刊登出来，领到十元钱的稿费，这笔钱是他当时工资的四分之一。自己写的诗得到发表，既让郑渊洁喜出望外，也让他在毫无变化的生活中看见新的希望。

看管水泵最重要的职责，就是要保证水源源不断，不能时断时续。在看水泵的岁月里，郑渊洁养成源源不断的习惯，并将这个习惯用到写作中。只要把工厂的事情干完，郑渊洁就开始写诗，他写的诗陆续在报刊上发表。

虽然有近百首诗与读者见面，但是和那些真正的诗人打过交道之后，郑渊洁不免感到失落和失望，觉得在写诗方面自己只是三流。他希望做到一流却面临郑重的选择：到底写哪样作品最有前途？

郑渊洁选择的方法是，将诗歌、散文、报告文学、小说、戏剧、童话、相声等各种文学体裁的特点写在一张挂历的前面，然后站在挂历前认真挑选。

“获得知识的过程会扼杀想象力，上学少的人想象力丰富，写童话最重要的就是想象力。”郑渊洁是这样考虑的，也是这样选择的。在挂历前经过反复琢磨，他果断挑选童话，接着就见缝插针地进行创作。

没有过去多长时间，郑渊洁的童话处女作《黑黑的诚实岛》就得到发表。随后他更加勤奋地写作，不少期刊陆续出现他的童话作品。

有一家刊登郑渊洁作品的杂志编辑告诉他，自从连载他写的长篇童话以后，他们的杂志印数上升了十万册。听完那个编辑的话，郑渊洁立刻想到，多劳就应该多得。他便找到杂志主编要求增加稿费，结果人家不高兴地说："你究竟怎么样证明，是由于你郑渊洁的作品，帮助我们刊物的发行量上升的？"这个似是而非的问题，让他无言以对。

绞尽脑汁后郑渊洁终于想到，能够证明是自己的作品提高刊物发行量的最好办法，就是让这本杂志只刊登自己的作品，如果杂志发行量高，而且逐渐攀升，便说明他的文章受读者欢迎。

在接下来的日子，郑渊洁不停地写中篇童话《牛魔王新传》，迅速将童话写完，通过多方联系，只有《童话大王》愿意尝试。这本杂志，是专门发表郑渊洁个人作品的文学月刊，第一期《童话大王》于1985年5月10日问世，尽管当期杂志是创刊号，却有十三万本的印量。

当时郑渊洁告诉自己，只要将《童话大王》连续出版三期，就算取得胜利。郑渊洁的忧患意识比较强，总是担心《童话大王》坚持不下去，只好不分白天黑夜地埋头拼命写作，可是他的努力竟然遭到别人讽刺。

《童话大王》问世的第二年夏天，郑渊洁到庐山参加会议。有一位趾高气扬的大学教授，可能是认为他没有上过大学、在当天出席会议的几十个人中他的文化程度最低，于是打着官腔当众嘲笑："咱们这儿有人不知道天高地厚，居然想独自写一本月刊，如果他能够写两年，我就把名字倒着写。"

虽然被人当众羞辱，弄得灰头土脸，但是郑渊洁并没有与人家争辩什么，而是默默地发誓，我要写给你看。他将憋着的怒气，化作创作的勇气，隐居家里，潜心写作，尽力支撑《童话大王》月刊，让这本杂志的发行量逐渐攀升。到第三年，《童话大王》月刊印数就突破了一百万册。

郑渊洁的童话，简单阅读，似乎通俗易懂；认真分析，其实内涵深刻。他批判了社会的怪现象，应试教育对人性的扼杀。《童话大王》不仅发表郑渊洁的童话，而且还刊登他的随笔，又开设了皮皮鲁信箱，还有辩论社会热门话题的《舒克舌战贝塔》。

《童话大王》创刊将近三十年，在海内外影响广泛，是中国发行量最大的纯文学月刊，迄今为止累计印数即将达到两亿册。这种由一个人的作品支撑、持续二十多年畅销、社会效益和经济效益双丰收的杂志，在古今中外文学、出版史上尚无先例。

随着《童话大王》持续畅销，郑渊洁已经成为中国当代最有影响力的著名童话作家，拥有几亿读者。无论金钱标准，还是事业标准，他都站在成功人士之列。

2013年12月5日，第八届中国作家富豪榜揭晓，郑渊洁以一千八百万元的年度版税收入上榜。获奖以后接受媒体采访时他感慨道，无论别人的嘲笑如何让自己尴尬，不管过去的遭遇怎样令人心灵痛苦，最终讽刺与挫折都是宝贵的财富。

侯宝林的“卑己”

同病相怜并不难，真正难的是一个人志得意满的时候依然愿意付出自己的悲悯。

◎游宇明

侯宝林是中国现代相声的一代宗师，这位中国相声第六代传人一生创作了《77号》《北京话》《醉酒》《新式马甲》等大量优秀的相声艺术作品。他的相声熔强烈的幽默与辛辣的讽刺于一炉，既让观众笑声不断，又在笑声中给人以教益，俗中见雅，平而能奇。他逝世二十多年了，但喜欢相声的人一提起他，依然赞不绝口。

杰出的人才往往是风雨泥泞逼出来的，侯宝林也不例外。他本是天津人，因为家中无力养活，1922年被舅舅带到北京，送给一户侯姓人家做养子，那年他只有五岁。他的养父是贝勒府的厨师，贝勒府名头很响，但其时已是民国时代，享用官府财政拨款的王公们远远不再像皇权时代那样富裕，对身边的服务人员更加刻薄，养父收入很低，侯宝林只读了三年小学就不得不辍学。十一岁时，侯宝林出外学艺谋生，最初是学京戏，拜阎泽甫为师，整天打杂、烧水、做饭、看孩子，同时，每天还到天坛溜嗓子，练“云手”“起霸”等起码的京剧表演程式。后来改学相声，先后拜常葆臣、朱阔泉为师，在北京天桥、鼓楼等地当街头艺人。开始一段时间，几乎天天忍饥挨冻，有一次甚至因交不起房租被房东赶了出去。后来有了些名气，北京、天津等地的戏院开始请他，侯宝林才获得了一份相对稳定的收入。

或许是因为经历过极其卑贱的生活吧，侯宝林一生都能做到“卑己”。“卑己”跟自卑不是同一概念。自卑是觉得自己不如别人，“卑己”是不管自己处于何种位置，都将自己放得很低，以赤诚、善良的心对人。抗战时，相声演员戴少甫在天津燕乐升平剧场演出，说了一段《打白狼》的相声。这个段子讲的是某司令率领人马攻打叫白狼的土匪，介绍自己手下有几个军长、几个师长、多少旅团长等，由演员中的逗哏说出这些人的名字，实际上说的都是说相声、变戏法、卖艺人的名字，捧哏的听完后问了一句：“你怎么尽带这些人？”逗哏的回答：“对，我就专带这些王八兔崽子。”当时天津的流氓头子兼汉奸袁文会认为戴少甫影射他与他手下的一帮“兄弟”，带人砸场子，并将戴少甫赶出天津，戴少甫贫病交加，不久离开了人世。戴少甫逝世后，一家人衣食无着。那段时间，侯宝林每次演完节目，都会在舞台上长跪大哭，讲述戴少甫的往事。观众得知内情，纷纷慷慨解囊。通过这种方式，侯宝林为戴少甫的后代募集了大笔钱。

新政权建立后，相声艺术的社会地位大幅提高，众人对侯宝林的称呼也由“说相声的”变成了“著名相声艺术家”。地位变了，侯宝林依然还是坚守着“卑己”之心，将自己当成一个普通人，毫不保留地向他人付出自己的热情与善良。侯宝林的关门弟子师胜杰讲过一件往事。侯宝林晚年住在四合院，一天，师胜杰有事去找他。一进门，侯耀华告诉他：“老爷子上厕所去了，你等会儿吧。”那时家里没有洗手间，大家都是去胡同里的公厕。等啊，等啊，师胜杰等了二十多分钟，侯宝林连个影子也没有。师胜杰担心师父出了什么事儿，就去公厕找。到了公厕，一个场景让师胜杰终生难忘：侯宝林单腿跪在地上，给一位老大爷系鞋带。那老大爷一只手拄着拐棍，一只手颤颤巍巍。师胜杰立马赶过去想代替师父做，侯宝林说：“好了，这点儿小事，用不着咱爷儿俩。”回家的路上，师胜杰问侯宝林：“师父，您认识那老人家？”侯宝林说：“不认识。我看他鞋带开了，他不方便系，我就去给他系了。”

面对侯宝林为他人付出的那份真诚、善良，说天地为之动容、石头为之开花或许有些夸张，但我相信再坚硬的心也会变得像棉花一样柔软。的确，侯宝林是“卑微”的，他做好事时的身体姿势都那么平民，然而，正是这种“卑微”让我们感觉到了他内在的高贵——为了他人不惜牺牲面子和身份的高贵。

一个人要走向这样的“卑微”并不容易。如果说侯宝林早年对戴少甫后人的倾情关照与自己贫寒的家庭出身有关，内里不无同病相怜的因素。在其晚年，当他大红大紫的时候，还能以这样的平常心对待别人，则不再是同病相怜，而只能理解为一种内在的悲悯。同病相怜并不难，真正难的是一个人志得意满的时候依然愿意付出自己的悲悯。

因为这份“卑己”，因为这份内在的温热，侯宝林才赢得观众长久的尊敬！

莫泊桑：十年磨一剑

十年磨一剑，谦虚写作的莫泊桑，埋头写作十年，终于成就了人生的辉煌。

◎李素珍

莫泊桑一开始写作时，拜福楼拜为师，定期将自己写的短篇小说寄给福楼拜，请他批阅。

但让莫泊桑感到奇怪的是，收到的回信，没有一个字的点评，等于是原封不动地寄还。

为了了解真相，有一天，莫泊桑前往老师家，想一探究竟。

一进门，就看见老师家的书桌上，放着厚厚的一堆文稿，其中包括自己前几天寄给老师的新作。但奇怪的是，自己的新作上面依然是不着一字，没有一个字的评点。疑惑之余，他接着翻看老师的新作，发现了一个奇怪的现象：每张十行的稿纸，老师都只写了一行，其余九行都是空白。他忍不住惊奇地问："老师，您这样写，不是太浪费了吗？"

福楼拜笑着说："这是我一向的习惯。一张十行的稿纸，只写一行，其他九行都是留着修改用的。"

莫泊桑听了，恍然大悟，深深敬佩老师对写作的认真态度。于是，他继而提出了自己的疑惑："为什么您对我每次寄出的新作都不做点评呢？是不是我的作品，您干脆就没看过呢？"

福楼拜听了，爽朗地笑着说："你猜对了。说实话，你寄来的作品，我确实没看过。不是因为我忙，没时间看，而是现在根本就不必看。你从现在起，天天努力去写就是了。十年之后，你的东西，我一定认真去看，并给出相应的修改意见。"

莫泊桑明白了，自己现在写的东西，大多幼稚可笑，没有思想深度，且文笔浅显，尚须磨炼。

这之后的十年中，莫泊桑每天都认真写作，并且一如往昔，定期将新作寄给老师。而福楼拜收到后，看也不看便寄还莫泊桑。他的意思是——我收到了，你的努力我看见了，接着写吧！

十年来，莫泊桑习惯了这样的教学方式。每次收到老师寄还的稿件，不用拆开，他也知道里面没有一个字的评点。但他依然坚持寄稿，无言地告诉老师："我又写了新作，我还在写呢！"

十年后的一天，福楼拜收到莫泊桑写的短篇小说《羊脂球》，对他说："这篇可以拿去投稿，应该能够发表。"

于是，莫泊桑将《羊脂球》投了出去，发表后便立刻获得了空前的成功，从此一举成名。此后，他的短篇小说频繁问世，成为高产作家，被誉为"短篇小说之王"。

十年磨一剑，谦虚写作的莫泊桑，埋头写作十年，终于成就了人生的辉煌。

梅兰芳的“仙气儿”

艺术本身是相通的，有时看起来风马牛不相及的事情，其实是相辅相成的。

◎张军霞

偶然看到一份资料，是梅兰芳的外孙讲述外公的故事。其中提到一件事，有一段时间，梅兰芳非常迷恋画画儿，并为此投入大量的时间和精力，就连虞姬戏服上面的兰花、梅花都是他自己画出的图案。发现梅兰芳如此痴迷画画儿，有人劝他说，你的事业是唱戏成就的，画画儿画不出梅兰芳，但是画画儿可以成就张大千和齐白石他们。梅兰芳听了，并没有多说什么，但有空闲时，他还是喜欢画上几笔。

有个名叫言慧珠的学生，是梅兰芳最喜爱的女弟子，学梅派学得最完美。一次，言慧珠学了一出《洛神》，在公演之前进行了一次小彩排，请了好多老先生去看，演完就请他们点评。其中一位老先生评价道：“扮相、身段哪儿都好，就是没有你先生的那股仙气儿。”言慧珠很失望，她演的是洛神，没有仙气儿，那就是最大的失败呀。

此后，言慧珠特意登门向这位老先生求教：“何谓仙气儿？它又是怎么来的呢？”老先生笑笑，让她去问自己的老师。她果然跑回去问，梅兰芳却说：“我也没什么特殊的，就是那样演的。”

最后，百思不得其解的言慧珠，终于从老先生那里得到了答案：“你先生会画画儿，会写字，会弹钢琴，这些你会吗？你有没有你先生的这些素养？”言慧珠恍然大悟，终于明白了老师为什么在唱戏之外，还对画画儿之类的事情那么痴迷了。

素养的形成是一种水滴石穿的过程，不可能立竿见影，而艺术本身是相通的，有时看起来风马牛不相及的事情，其实是相辅相成的，正因为梅兰芳深谙此理，才形成了独特的“仙气儿”，就算最喜欢的弟子也无法模仿。

“猪倌”经历开启“影帝”之路

不要认为平凡的经历是没用的，因此就可以随意地蹉跎、挥霍。你每时每刻的努力，不经意间就会为今后的成功埋下伏笔。

◎嵇振颉

“我永远不会忘记那三年养猪的经历，这段经历为我叩开了通往演艺事业的大门。”接受记者采访的时候，他动情地说出这句话。

他提到的养猪经历，就是在公社劳动的那几年。1976年高中刚毕业，他来到北京昌平县兴寿公社插队。因为个子看上去很瘦弱，大队革委会主任分配他去养猪——一个比下地劳动相对省力的活儿。从小生活在城市，他压根儿没有饲养家畜的经验。不过，他虚心地跟老师傅从头学起，任劳任怨，从不叫苦叫累，一干就是两年多。做猪食、清理猪圈、给猪接生、为猪治病，他俨然成为一个地道的“猪倌”。每天，他是在用心和猪打交道，完全摸透了它们的脾性，积累了丰富的养猪经验。那些猪被他养得肥肥壮壮，这让村里的伙食状况一直不错，因此村里的人直夸赞他猪养得好。

1979年，国内的演艺界人才青黄不接，迫切需要补充年轻的

“新鲜血液”。为此，全国艺术院校纷纷贴出招生简章，欢迎全国各地的优秀青年踊跃报考。这一消息迅速得到传播，一时文艺院校门口排起了报名考试的长龙。他也是报考大军中的一员，报考了中央实验话剧院。那时，他在表演上还是一个门外汉，就连表演的基础概念和技巧都没有。复试时，他被考官要求捂住一个女生的眼睛，而这个女生表演“等待”。正式表演开始，他就这样傻傻地走上去，使劲地捂住了女生的眼睛。按理说，这个场景中他应该说些什么，再辅以一些艺术化的肢体动作，以此解释短剧中男主角捂住女孩子眼睛的背景和缘由。可他却不知道其中的玄机，就这样呆呆地杵在那里，一句话也不说。面对这个木讷的考生，坐成一排的考官连连摇头，在他的考分登记表上打了一个极低的分数。这么不会表演的考生，谁愿意要?

考试结果公布，尽管心里很失望，但是一切似乎都在他的意料中。这天夜里，从村里来了一个人，传来一个很重要的消息：他考试请假期间，养猪的活儿是找别人临时代替的。可是那人不太擅长养猪，也不很用心，猪身上的膘少了好几圈。这怎么行？村里的人都盼着他快点儿回来。

他为自己的前途再三思虑：要不要就这么轻易地回去？因为考试不成功，回到村里似乎是合情合理的选择。正当他收拾行囊准备启程时，另一个机会却悄然而至。父亲的一个朋友来串门，说全总文工团正在招生，建议他再去试试。他马上改变了行程，并为即将到来的考试做着精心的准备。

考试的内容分三项，分别是朗诵、唱歌、演小品。前两项考试的结果，他的表现只能用平淡来形容。到了演小品的环节，他灵感闪现，将他三年养猪的经历融进这个小品的情节中。于是在众多的考官面前，他的表演不再是那么僵硬、那么刻板，每一个动作、每一句台词、每一个表情都是那么自然、贴切。因为他所表演的这一切，就是真实发生过的生活，他不过是将其凝练并重现出来。他的表演受到考官好评，终于考上全总文工团，从此正式踏上演艺的康庄大道。

多年打拼后，他回过头来看，这才发现自己的养猪生涯，仿佛就是为这次报考准备的。他依然清楚地记得他人生中第一次成功的表演经历，尽管在表演的舞台上没有猪，可他的眼睛里有猪，他把这个场景、这个故事给演活了。直到现在，他还想回到插队下乡的地方看看。

他就是葛优，近三年的“猪倌”生涯，成就了这个平民影帝的演艺之路，也改变了他的一生。成功前，他就是一个不起眼的“猪倌”，可是他却在淡得像白开水一样的生活中，为日后的表演做着精心的准备。

不要认为平凡的经历是没用的，因此就可以随意地蹉跎、挥霍。你每时每刻的努力，不经意间就会为今后的成功埋下伏笔。

萧伯纳为自己“抹黑”

世上有名望的人很多，但能为自己抹黑的人却很少。

◎禹正平

《爱尔兰独立报》编辑、传记作家赫里斯堪称当时的大手笔，但是与其他传记作家有所不同的是，他不喜欢为写作对象“锦上添花”，相反却特别喜欢在作品中找他们的碴儿，并以独特的视角加以批评与鞭挞，有时甚至不留情面地挖苦和讽刺。因此当时的很多知名人士都对他敬而远之，生怕哪天被他盯上，把自己的形象与名声给毁了。

一天，赫里斯向萧伯纳索稿，事成之后，他突然提出要给萧伯纳写传记。猝不及防的萧伯纳吓坏了，一口回绝了他，并声称只要还有一口气在，就绝不允许他为自己写传记，更不会接受他任何形式的采访。

显然，赫里斯决心已定，全然不顾萧伯纳的反对，立即付诸行动，到处搜集有关萧伯纳的素材和逸闻，甚至还跑到萧伯纳的家乡待了一段时间，采访了当地的许多老人和萧伯纳幼年的伙伴及邻居，然后闭门专心写作。

遗憾的是，当《萧伯纳传》的写作进入收尾阶段时，赫里斯却突发心脏病去世了，传记手稿也随之不知去向。

两年后的圣诞节，萧伯纳的一位好友，在地摊儿上淘到了这部手稿，并赶紧将它交到了萧伯纳手中。这部传记果然是大手笔，视角新颖，事例详尽，但里面有许多章节是对萧伯纳无情的批评与鞭挞，甚至还有一部分内容带有作者主观情感的丑化。这位好友叮嘱萧伯纳看后立即将其烧毁，以免给自己的形象造成无法挽回的负面影响。

可是，过了一个月，当这位好友再次拜访萧伯纳时，却惊讶地发现萧伯纳不但没有烧毁这部手稿，反而正在埋头续写，更让他惊讶的是，萧伯纳对传记里批评鞭挞他的内容不仅未删一字，而且还增补了新的内容。

“你这是在给自己抹黑，难道你就不怕自己的形象毁在这部传记里？”好友吃惊地问。

“当然怕，但我更怕试图阻止别人批评自己。”萧伯纳接着解释道，“当我看完赫里斯的手稿后，才发现原来自己还有那么多的不足和缺陷。我得感谢他，是他让我开始觉得我这个老头儿，还有事可做——反省过去，提升自我，改正缺陷，而不是坐在功劳簿上慢慢地等死。”

世上有名望的人很多，但能为自己抹黑的人却很少。萧伯纳甘愿为自己抹黑，非但没有抹黑自己，反而赢得世人的敬重。

愿风溯芒

先生的文字犹如一缕缕和风，拂拭着那些
和芒花一样不喜明媚、不悲卑微的心灵。

◎化　君

陷入困境的时候，老师向我推荐了林清玄的书。

读了《心美，一切皆美》后，心便渐渐澄明，于是接着读了《情深，万象皆深》《境明，千里皆明》等，却发现一个有趣的现象：这些书的自序后面都写着“客寓”两个字，“外双溪客寓”“桥仔头客寓”“兴隆山庄客寓”等。

先生为什么把每一个地方都当成客居之地呢？后来，在他的一篇文章里找到答案。

先生在文章中说：“我觉得我的钱财、我的身体都不是我的，我住的地方当然也不是我的。这种‘客寓’指的是心情，一个人要时时保有这种客居的心情，才会活得潇洒、自在、没有挂虑。”

先生原本在一家报社做主编，为了逃避俗事的烦琐和劳累，他辞去体面的工作，客居到莺歌乡下一个叫桥仔头的小村。在那里，他过着比乡下人还朴素的日子。每天早上起床后便去后山散步，常常为路遇一些花草植物欣喜不已，并像孩子一样在草地上奔跑、跳跃，或到溪边山坡捡一些纹理很美的卵石。先生的穿着也随意得很。一次，途中遇一熟人，那人盯着他身上那件宽松肥大的衣衫上的中式扣子问他：“您穿的衣服是买的还是做的？”先生笑答：“是太太的，舒适得很呢。”

先生的饮食更是简单至极，常常是清水煮青菜，净是那些只有乡下人才吃的红凤菜、番薯叶等。先生说，只要在上面洒一点儿麻油，就觉得滋味无穷。

先生住到乡下原本是为了避开凡俗的干扰，而事实上，乡下的生活比在台北让他感觉更加疲于奔命，不但要接受各电视台电台访问，做各种演讲报告，还要为了出书和录音带的事情往返于台北和乡下之间。

先生陷于苦恼之中。

一个秋阳杲杲的日子，先生在后山散步，看到一片管芒花，在贫瘠枯荒的原野摇曳着妩媚的身姿，彰显着无限生机和魅力。他的心念顿时沉潜到一种单纯专注的状态，心境也渐渐变得温暖而柔和起来。恍然中，先生感觉，芒花就是他，他就是芒花。先生是一个善悟的人，在他眼里，一株株挺拔的芒花就是一颗颗没有心机、落到哪里就在哪里生长的心灵。

从此，做一株管芒花，成为先生的理想或信念。一年后，先生回到喧闹的台北。这时，他的心境亦如在乡下时一般清静了，感觉自己站在哪里，哪里就是一方净土。

先生是一个多产的作家，一个月就能出一本书，而在报章杂志上还有一大堆专栏。而先生可用来写作的时间并不多，只是他异常勤奋罢了。他坚持每天至少写三千字，十几年如一日。先生对自己文字的要求也是十分苛刻的，要字字句句，章章篇篇都得打动自己、打动读者才行。先生的创作范围更是广泛，只专栏就有十几家甚至更多。那么，他的题材以及创作源泉来自哪里呢?

先生一直有记笔记的习惯，读书、散步、看电视、逛公园、去寺院、听人谈话，凡有感触的地方他都会随时记录下来，等到“成熟”的时候再写成文章。有时候，这个成熟过程要好几年，先生却不急不躁，仿佛芒花，扎根于泥土，静待花开。

1988年，先生被评选为出版界年度风云人物。先生听到这个消息后，却诚惶诚恐，他说：“我实在配不上‘风云’这两个字。不过，我愿意做一缕‘和风’和‘柔云’，不要让人觉得有什么不同，一如人们不在乎风和云的存在。”

先生在文章中说，“愿是芒花，或是和风”。如今，先生的这一心愿得以实现。

是的，先生具有芒花一样的品格，穿最素朴的衣衫，吃最简单的饭菜，过无欲无求的生活，却用一颗欢喜的童心和执着的信念，获得“当代中国散文八大家之一”“台湾最高产获奖最多的作家”等诸多称号。而先生的文字犹如一缕缕和风，拂拭着那些和芒花一样不喜明媚、不悲卑微的心灵。

愿风溯芒!

理解彼此的差异

每个人都有自己的习惯和脾性，对待问题的态度和处理事情的方法也不会相同。我们可以不理解，但一定要尊重。

◎张君燕

1928年，中国现代画坛的艺术大师林风眠受蔡元培的赏识和提携，被聘任为我国第一所高等艺术学府——国立艺术院首任院长。林风眠主张“兼容并包、学术自由”的教育思想，不拘一格广纳人才。

林风眠上任后，决定聘请木匠出身的画家齐白石来校任教。当时，齐白石虽已年过花甲，却还未真正成名，甚至还被一些正统国画家所讥笑。但林风眠力排众议，坚持去请齐白石出山。面对林风眠的诚意相邀，齐白石却淡然拒绝：“我是个乡巴佬，不适合去洋学堂教书。”但林风眠并不放弃，一次次地登门诚邀。最后，齐白石终于松了口：“要我去教书可以，不过我上课必须要坐一个特制的藤椅，而且每天下课你要亲自送我出校门。”“好的，没问题，我一定做到。”林风眠爽快地答应了。

之后，林风眠便亲自将精心为齐白石制作的藤椅送到教室，每天下课，还把齐白石送到校门口。林风眠的好友不解地说：“你聘请他来教书，他不感激不说，还这么摆架子。”林风眠摆摆手笑着说：“话不能这么说，我们请人家来自然应该尊重人家的习惯嘛。”“这么说，你知道他为什么会有如此古怪的要求了？”好友接着问。林风眠摇了摇头：“不知道。不过每个人都有自己的习惯和脾性，对待问题的态度和处理事情的方法也不会相同。我们可以不理解，但一定要尊重。”好友听完情不自禁地对林风眠竖起了大拇指。后来，齐白石也激动地握着林风眠的双手说：“林校长，我信得过你了。”

面对齐白石的古怪要求，林风眠并没有去问为什么，而是选择了去尊重。其实，在尊重的背后，我们也看到了林风眠豁达、大度、理解他人的独特品质。正所谓，敬人者，人恒敬之。林风眠最后不仅赢得了齐白石的尊敬，更赢得了众人的一致好评。

穿皮袄摇折扇的白石小照

挥扇可以消暑，着裘可以御寒；二者均须日日防，任世人笑我癫狂。

◎光　宇

日子过得真快，转眼之间齐白石迁居北京快十年了。这十来年，是他含辛茹苦、艰难奋进的十年，也是他绘画艺术不断超越、大放异彩的十年。特别是在日本东京举办的中日画展，获得了空前的成功。说是中日画展，实际上简直成了中国画展，甚至可以说是齐白石画展。带去了那么多他的画，仅三天时间就被抢购一空。他的名字不仅震动了日本画坛，还传到了欧洲、美洲、大洋洲。许多不同肤色、操着不同语言的国际友人远涉重洋，千里万里，奔赴北京，千方百计地寻求他的画。

京城古玩字画店的老板突然发现，平时不太为人们注目的齐白石的画，突然被一批又一批黄发、碧眼、白皮肤的外国人抢购一空。他们来到画店，拿着一张写着“齐白石”三字的纸，嘴里叽里呱啦，指名非要买他的画不可。于是，老板们就把齐白石的画价提高了几倍甚至几十倍，可是仍然满足不了这些操着不同语言的远方来客的需求。京城古玩字画店，都出现了这种在世俗眼光看来简直是神奇的现象。

齐白石的家，那个曾经冷落了相当一段时间的院落，突然热闹起来了。古玩字画店老板的态度，一夜之间来了个一百八十度的转变。他们亲自上门请齐白石画画儿，一个个笑容满面、彬彬有礼、态度谦和，而且润笔费也不断上涨。

所有这一切的转变，齐白石当然知道是为什么。作画，是他毕生为之呕心沥血的事业。这不只是他个人的荣誉，也是养育了自己的祖国的荣誉。对东京画展的成功，他自然是欣喜的。他挥笔写下了一首诗：“曾点胭脂作杏花，百金尺纸众争夸；平生羞杀传名姓，海国都知老画家。”

但是，面对东京画展的成功，面对许多人对自己的态度骤然间由冷落变得异常热情，面对自己在海内外的声名越来越大，齐白石的头脑更是清醒的。

1930年，齐白石度过了六十七岁生日。这年夏季的一天，艳阳高照，天气炎热，人们挥汗如雨。他到照相馆，不顾盛夏酷暑，翻穿皮马褂，手里拿着白折扇，照了一张相。他在白折扇上题词曰：“挥扇可以消暑，着裘可以御寒；二者均须日日防，任世人笑我癫狂。”

当时这张照片陈列于海王村照相馆，很快传遍了京城。不少人都不理解，甚至议论纷纷：“哪有既穿皮袄，又摇折扇的道理呢？”

然而，许多有识之士从齐白石的“癫狂”里，看到了他对当时社会世态炎凉的讥讽与抨击，也看到了他知人与自知的大智慧：

"热"时，要防人趋炎附势；"凉"时，要防人落井下石。他把亲身经历和体验的酸、辣、苦、涩，绝妙地凝聚在这一帧穿着皮袄摇着折扇的小照上。

矮小身体支撑起的中国拳王

曾经的矮小，如今的高大，他就是他，这注定无法改变。

◎肖　如

2012年6月16日，昆明，拳台。

1米55的他，体重不足49公斤，站在拳台，凌厉的眼神却始终散发出一种霸气。这种霸气让对手胆怯。几个小时后，当他身缠银腰带，被高高举起时，他有些恍若隔世。

十七岁那年，他职高辍学。此时的他恐怕做梦都不会想到有朝一日他会成为挑战世界职业拳王的中国第一人。

在离家一百多里的地方，有一个黑矿，在这里十七岁的他开始了自己辍学后的人生。每天要工作十个小时，能挣到十块钱。弯着身子在黑矿里推矿车时，矿车上也有一盏矿灯，随着他的步伐晃荡。在这里危险随时降临，自己的命运左右摇摆，他却不知如何躲避，更没想过自己的未来。直到2000年表哥从昆明回到家乡。

在这座中越边境的苗寨里，学过搏击和拳击的表哥成立了寨子里的第一支拳击队，指挥他们寻找能用的木材，就地搭建了擂台。每天劳作之余，他就跟着表哥在这里学拳。除了拉煤，他还与表哥一起种过香蕉。也做过别的工作，却都做不久，也赚不到钱，只因他的矮小。

身体是父母给的，可命运却是自己闯的，他要让生活过得更好，为了家人，为了自己。学拳的日子里他感觉到了自己对这项运动的热爱，他忘不了自己打出的那第一记拳，此时的他悄悄存下了一个在众人眼中遥不可及的梦想。

村边的擂台成了他梦想起程的地方，边做苦力边练拳的生活如流水一般，没有训练器械就自己动手制作：一根木头穿起两块大石头就是他锻炼用的杠铃，布袋装满沙土就是沙袋。艰苦的条件并没有影响他的习武热情，倒是村里的流言蜚语让他为难了一阵子。“你又不是天天打架，练这个也不顶饭吃，有什么意思嘛。”寨子里长辈们的议论让他犹豫了。

2006年，在马关县新华书店徘徊的他无意间看到了一本名叫《拳击与格斗》的杂志，其间一篇介绍云南楚雄拳手徐从良的文章让他如获至宝，他觉得自己的境况和徐从良很像，通过了解徐从良的经历，他似乎也看到了希望，很快他燃起了斗志，他能，我也能。

当初在木头擂台上挥汗如雨时，家人并没有对他的不务正业过多干涉。他贫穷而勤劳的父母对孩子唯一的溺爱，日后成就了他这个看起来不可能实现的梦想。就这样，他带着表哥和父母凑的一千八百多元钱，以及对拳击的满腔热情来到昆明，开始了他的拳击生涯。

那一天，当教练刘刚看到一个干瘦的小伙子走进来，好像一阵风都能吹走的样子，于是他忍不住撇了撇嘴。但很快这个干瘦的小伙子就改变了刘刚的看法："他全身有用不完的劲，应该得益于挖矿和干苦力，跳绳跳了一个小时都能不休息。"

因为走的路子与体制内的运动员不同，在最初的几年时间里，他默默忍受着生活的窘迫，但拳击带来的乐趣又让他对未来充满希望，就连走路，他都要比画着挥拳的姿势。

苦过方知甘甜，从初始的懵懂无知，到日后拳击场的一发不可收，山村小河边的木头擂台最终成就了这个倔强的苗族小伙。一个二十三岁才出道的非科班出身的小伙，几年的时间里成了世界拳坛的明星级人物，国际排名直线上升，他由此被称为"中国小泰森"。

他是熊朝忠，一个穷孩子出身的世界拳王。

当高高站在世界拳台之上笑傲群雄时，他笑了。尽管他矮小，在拳迷的心目中却始终高大。环顾四周，除了上学，能够像他一样通过野路子改变命运的人，寥若晨星，他说自己无所畏惧。的确，不服输、不言弃，正因为经历过，这位在贫穷与困苦中锻造出的孩子才得以这般勇闯天涯。他的人生经历堪称一部励志片，甚至吸引了电影公司的注意，准备以他为原型拍电影。

如今的他实现了自己的梦想，曾经的遥不可及已收入囊中。在山寨，他成了全村人的英雄。因为比赛，父母第一次被接到省会。母亲是纯粹的苗族人，甚至不会说汉语。站在星级酒店门口，她对拳击兴趣不大，反倒是兴致勃勃地看着前面街道上的车，用苗族话说："好多车啊。"

2012年6月16日的比赛为他赢得下半年拉斯维加斯挑战WBC世界拳王的机会。尽管成为世界排名最高的中国职业拳手，但他仍然住在出租房里，穿着十几块钱的T恤，走在大街上，看上去和很多身材矮小的打工者没有任何区别，也无人在意刚刚擦肩而过的是不是世界拳王。

但无论备受瞩目还是默默无闻，他都继续着自己与生俱来的刚猛和倔强，以及不屈不挠。

曾经的矮小，如今的高大，他就是他，这注定无法改变。

被雷电激发的潜能

当生活中遇到挫折和打击时，我们不妨把它们作为生活对我们的馈赠，把它们看作激发潜能创造生命奇迹的契机。

◎庄培耀

怎样才能使蘑菇增产？多浇水？广施肥？日本科学家高木浩一给出的答案是：“人造雷电”促进蘑菇生长。

民间流传着一种说法：森林里雷打过的地方容易生长野蘑菇。而雷电较多的年份，人工栽培蘑菇的产量也往往较高。高木浩一受此影响采用“人造雷电”刺激蘑菇生长，结果在蘑菇外观和品味没有变化的情况下，产量提高了一倍多。

高木浩一用数万伏的高压电对栽培蘑菇的原木进行瞬间放电。在这种“人造雷电”的刺激下，原木上的菌丝红细胞似乎感觉到“生存危机”而加快生长，最终产量大获提高。

高木浩一还对其他作物进行过“人造雷电”试验，如葡萄。试验结果是，除了产量显著提高外，果树的抗病虫能力也显著提高了，“盛产寿命”也延长了。

植物受雷电刺激后，似乎激发出无限的潜能，产量会大大提高。

其实在我们的人生道路上，充满风风雨雨，经常会受到“雷击”。折翼天使山西女孩儿陈思在受到挫折打击后，不甘沉沦，让我们见证了她被不幸激发的无限潜能，不断创造着人生的奇迹。

陈思酷爱舞蹈，五岁时就开始学习民族舞蹈。十二岁时，陈思在路过铁道时突发意外，造成左腿膝下、右腿膝上部分截肢，突如其来的灾难使爱说爱笑的陈思从此变得沉默寡言。

九年后，因为机缘巧合，她被中国残疾人奥林匹克运动管理中心选中，有幸加入“轮椅国标舞”艺术团队，这对于她是个天大的好事，她可以用轮椅代替双腿，又可以和心爱的舞蹈结缘了。

轮椅舞就是在一位肢体健全的舞伴的带领下，坐在轮椅上的肢残人舞者通过对轮椅的熟练掌控，将轮椅幻化作残缺身体的补充，通过舞伴的配合、帮助，舞出了令人叹为观止的优美动作。训练第一天，陈思就喜欢上了这种舞蹈，她感觉到一种别样的美，更有一种精神的力量。培训时间只有短短三天，却给陈思带来了一种重生的希望。心中那个绝迹多年的舞蹈梦又一次冉冉升起，她觉得不能奔跑，就用轮椅去飞翔。这不仅是在跳舞，更是诠释对生命的热爱。

相对健全人，训练中坐轮椅舞蹈的每一个动作都要比常人付出几十倍的努力，训练过程异常艰苦。健全人的舞蹈动作要一边移动一边转圈，轮椅是做不到的，轮椅只能原地转圈。而且要控制轮椅，必须借助舞伴的力量，将力量传到腰部，用腰部的力量来控制轮椅。在一次训练中，当舞伴拉着陈思做旋转四周的动作时，由于力度没有把握好，竟将陈思连人带轮椅一起甩了出去，陈思被摔得鼻青脸肿，疼痛难忍，可她不但没有灰心，反而训练得更刻苦了。旋转、加速、急停，甩头瞬间刚毅的眼神，曼妙的手上动作……她每天都坐在轮椅上认真地练习着那支讲述她自身故事的原创舞蹈《无翼亦飞翔》，用悲鸣的音乐和优美的舞姿，演绎出一个让人潸然泪下的感人故事，蕴藏在舞蹈动作中的激情让人深切地感受到，残缺的生命亦可迸发出无限能量。

天道酬勤，2009年3月20日，为期两天的国际轮椅舞蹈公开赛在北京开赛。陈思和舞伴以优美的动作、高难度的飞旋技压群雄，在十六对选手中脱颖而出，获得了26分的高分，以一分之差落后于日本、韩国选手，首次参与国际大赛的中国队沸腾了。同年12月5日，在日本举行的世界轮椅舞蹈大赛中，陈思与舞伴以近乎完美的舞蹈动作摘得世界轮椅舞蹈大赛拉丁舞三项冠军。这几年，她还参加了《我要上春晚》《舞动奇迹》《中国梦想秀》等知名节目，获得一致好评。

科学家已经证实，人和动植物都是有潜能的，但有时往往要在危机情况下才能激发出来。当生活中遇到挫折和打击时，我们不妨把它们作为生活对我们的馈赠，把它们看作激发潜能创造生命奇迹的契机，抓住这次契机，我们的人生或许就会更加精彩。